光文社文庫

文庫書下ろし／長編時代小説

男泣《おな》き川

剣客船頭㈩

稲葉　稔

KOBUNSHA

JN180251

光　文　社

この作品は光文社文庫のために書下ろされました。

『男泣き川』目次

大雲寺
小石川
白山
伝通院
神明宮
中山道
小石川御門
水戸徳川家
駒込
春日町
水道橋
千駄木
御林
駒込追分
加賀前田家
道灌山
本郷
日暮里
霊雲寺
池之端仲町
湯島天神
不忍池
神田大明神
弁天
明神下
妻恋坂
御数寄屋町
根岸
谷中本村
東叡山寛永寺
外神田
下谷広小路
下谷金杉町
御徒町
下谷山崎町
向柳原
三味線堀
広徳寺
下谷竜泉寺町
幡随院
元鳥越町
甚内橋
千住大橋
新吉原
阿部川町
日本堤
御蔵前片町
新堀川
新旅籠町
東本願寺
御蔵前通り
御蔵前
首尾の松
御米蔵
浅草寺
小塚原
浅草広小路
田原町
山谷町
茶屋町
材木町
並木町
新鳥越町
諏訪町
御厩河岸之渡し
駒形町
新鳥越橋
雷門
花川戸町
日光道中
山谷堀
揚場
最勝寺
北本所
番場町
浅草
駒形堂
東漸寺
竹町之渡し
吾妻橋
今戸橋
今戸町
白鬚之渡し
荒井町
北本所表町
瓦町
中之郷
枕橋
竹屋之渡し
向島墨堤
木母寺
隅田村
松倉町
源森川
三囲稲荷
長命寺
北割下水
八軒町
中之郷
小梅村
法恩寺橋
小梅瓦町
須崎村
寺島村
業平橋
小梅村
天神橋
押上村
十間川
亀戸天神

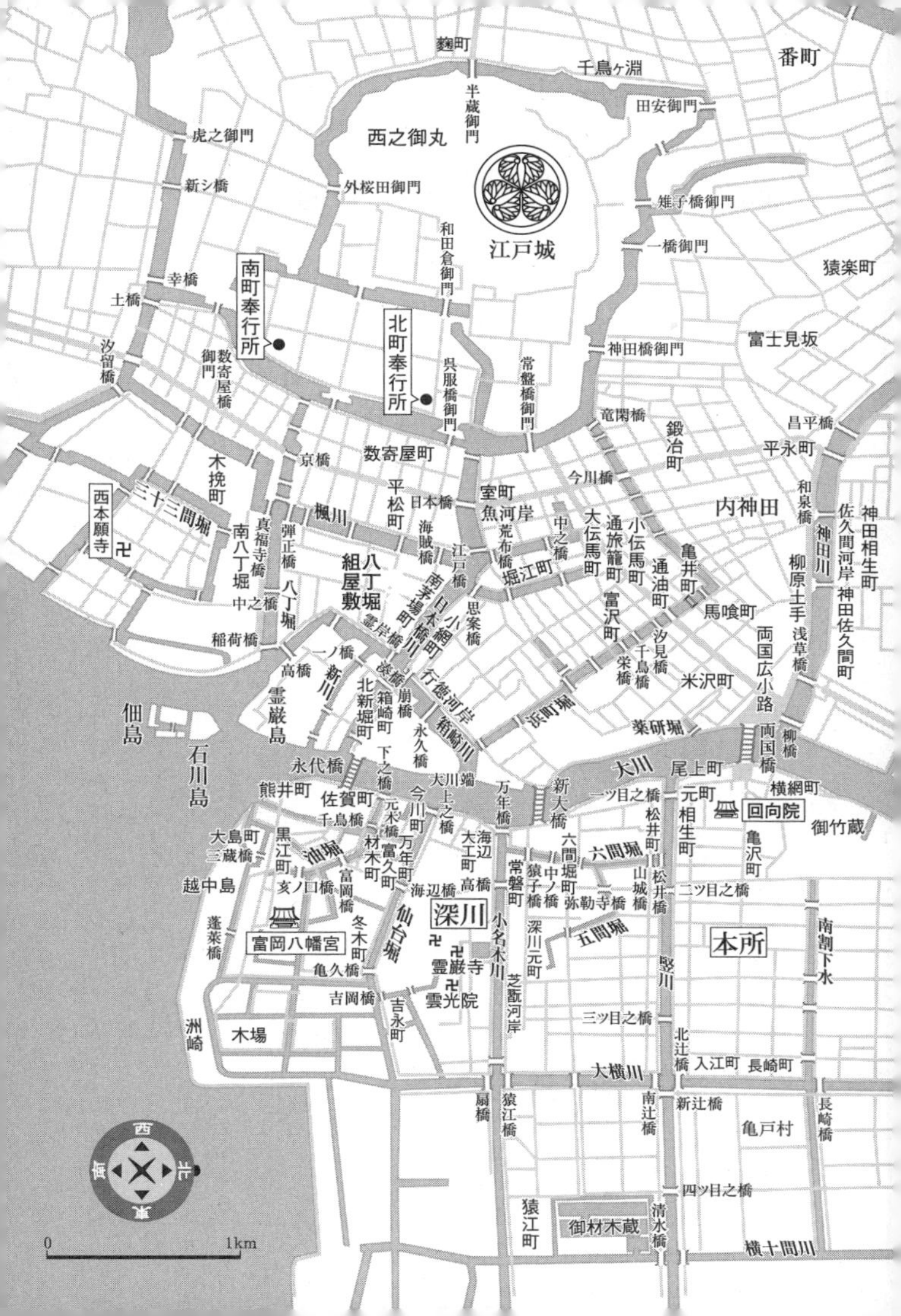

麹町
千鳥ヶ淵
番町
半蔵御門
田安御門
西之御丸
虎之御門
新シ橋
外桜田御門
雉子橋御門
江戸城
和田倉御門
一橋御門
猿楽町
幸橋
土橋
南町奉行所
北町奉行所
汐留橋
数寄屋橋御門
呉服橋御門
神田橋御門
富士見坂
常盤橋御門
竜閑橋
昌平橋
鍛冶町
平永町
京橋
数寄屋町
木挽町
今川橋
和泉橋
三十三間堀
西本願寺
平松町
日本橋
室町
魚河岸
内神田
神田相生町
佐久間河岸
神田川
真福寺橋
弾正橋
楓川
荒布橋
中之橋
大伝馬町
通旅籠町
小伝馬町
南八丁堀
海賊橋
江戸橋
八丁堀組屋敷
南茅場町
日本橋川
小網町
堀江町
亀井町
通油町
柳原土手
神田佐久間町
中之橋
八丁堀
思案橋
富沢町
馬喰町
稲荷橋
霊岸橋
汐見橋
千鳥橋
栄橋
両国広小路
浅草橋
一ノ橋
高橋
新川
湊橋
崩橋
行徳河岸
米沢町
霊巌島
北新堀町
箱崎町
箱崎川
浜町堀
佃島
石川島
永久橋
薬研堀
両国橋
柳橋
永代橋
下之橋
大川端
万年橋
新大橋
大川
尾上町
横網町
熊井町
佐賀町
今川町
上之橋
一ツ目之橋
元町
回向院
御竹蔵
元木橋
千鳥橋
松井町
相生町
大島町
三蔵橋
黒江町
油堀
材木町
富久町
万年町
海辺大工町
六間堀町
六間堀
亀沢町
越中島
亥ノ口橋
富岡橋
海辺橋
高橋
常盤町
猿子橋
中ノ橋
弥勒寺橋
山城橋
松井橋
二ツ目之橋
深川
仙台堀
冬木町
富岡八幡宮
蓬莱橋
小名木川
深川元町
五間堀
本所
南割下水
霊巌寺
亀久橋
竪川
吉岡橋
吉永町
雲光院
芝翫河岸
三ツ目之橋
洲崎
木場
北辻橋
入江町
長崎町
大横川
扇橋
猿江橋
南辻橋
新辻橋
亀戸村
長崎橋
西
北
東
南
四ツ目之橋
猿江町
御材木蔵
清水橋
横十間川
0
1km

主な登場人物

沢村伝次郎　南町奉行所の元定町廻り同心。いまは船頭として生計を立てており、千草と一緒になる。

千草　深川元町にある一膳飯屋「めしちぐさ」の女将で、伝次郎の女房。

中村直吉郎　南町奉行所の定町廻り同心。以前、伝次郎の先輩同心だった。時折、探索を、伝次郎に手伝ってもらっている。

平次　南町奉行所定町廻り同心の中村直吉郎についている小者。

音松　伝次郎が定町廻り同心だったときの小者。いまは、深川佐賀町で油屋を、女房のお万とともにやっている。時折、伝次郎の探索の供をしている。

お万　音松の女房。深川佐賀町で油屋を音松とともにやっている。

英二　千草の店の常連の大工。

多加次　千草の店の常連の大工

安兵衛　佐賀町の自身番の書役。

平太　佐賀町の自身番の番人。

春吉　佐賀町の自身番の番人。

奥村亀仙　深川佐賀町内に住んでいる町医者。

戸部十三郎　無外流、戸部道場の道場主。

戸部兵庫助　戸部道場の道場主・戸部十三郎の甥。

前田監物　戸部道場の門弟。

佐々木文蔵　戸部道場の門弟。

益川左馬之助　いっとき神田相生町の佐伯道場で師範代をしていた剣客。

おこと　居酒屋「さがみ屋」の女将。

剣客船頭(二十)

男《お》泣《な》き川

第一章　さがみ屋

一

それは、うだるような夏の昼下がりのことだった。

下崎幸右衛門《しもざきこうえもん》は上半身をはだけた浴衣《ゆかた》姿で、団扇《うちわ》をあおぎながら煙管《キセル》を吹かしていた。そよとも風は吹いていないので、長屋中に充満している異臭と悪臭が漂っていた。

幸右衛門はさっきから飛び交っている蝿《はえ》を目で追いながら、先のことを考えていた。考えてはいたが、これといっていい考えは浮かばないままだ。

仕官もできず、金もなく、先行きの見通しもない、その日暮らしの浮かばれぬ人生を嘆きたくなるが、嘆いたところで運が向いてくるわけでもない。ならばいっそのこと楽しい余生を、と思いもするが、それには先立つものがいる。

(先立つものか……)

ぼんやりした目を宙の一点に据え、団扇をあおぐ。煙管を煙草盆に置く。蟬の声がかしましい。じっとしていても汗はつぎからつぎへと浮かんできては、頰から首筋を流れ、痩せた胸につたい落ちていく。

幸右衛門は膝に吸いついた蚊を、片手でたたきつぶした。蚊は血を吸っていたらしく、死骸といっしょに血をにじませた。

(もう一度掛け合うか)

幸右衛門は血を見て思った。

(金にはなる。背に腹は替えられぬ)

心中でつぶやいたときだった。開け放している戸口に黒い影が立った。幸右衛門がさっとそっちを見ると同時に、影が口を開いた。

「下崎幸右衛門だな」

「さようだが、そなたは?」

相手は答えずに敷居をまたいできた。異様な殺気を身にまとっていた。幸右衛門は警戒心を強めて相手を見た。

「何用だ」

再度問いかけたとき、相手は素早く刀を抜いた。

幸右衛門は手にしていた団扇を相手に投げつけるなり、体を横に倒しながら自分の刀をつかんだ。相手の刀は畳を撃ちたたき、埃《ほこり》を舞いあがらせた。

「なにゆえの所業だ！」

幸右衛門は怒鳴り声を発しながら、狭い部屋の隅へ下がって刀を抜いた。

必殺の一撃をかわされた相手は落ち着いていた。居間の上がり口に片足をかけると、刀を右脇に構えて幸右衛門を見据えた。

総髪《そうはつ》の浪人風体である。色白で薄い唇。鋭い切れ長の目に、「斬る」という意志を強く湛《たた》えている。

幸右衛門は尻をするようにして下がりながら、片膝を立て、刀を構え、剣尖《けんせん》を相手の喉元に向ける。

「きさまは誰だ。名乗れッ」

問いかけたとき、相手が斬り込んできた。突くと見せかけて、刀を横に振ったのだ。幸右衛門はその一撃を鍔元《つばもと》で受けて、そのまま撥《は》ね返しながら立ちあがった。虚をつかれた相手は体勢を崩して、土間に下りた。

幸右衛門はその瞬間を見逃さず、反撃に転じ、突きを送り込んだ。狭い部屋の中であるから十分な斬り合いはできない。

相手は突きをかわすために下がったが、すぐ後ろの水甕《みずがめ》に尻をぶつけてまたもや体勢を崩した。その隙に幸右衛門は三和土《たたき》に飛び下りるなり、表に飛びだした。

逃げようとしたが、相手はすぐ背後に迫っていた。幸右衛門は背中を斬られるという恐怖に負けて、振り返った。

やはり、相手は戸口から出て間合い一間半（約二・七メートル）のところにいた。立ち止まり振り返った幸右衛門を上段から斬りにくる。

幸右衛門は左へ払い落として脇腹を斬ろうとしたが、腐りかけのどぶ板を踏み割って足がはまった。そのせいで板塀に肩を打ちつけた。

瞬間、相手の刀が左肩を斬った。だが、浅傷《あさで》である。斬るか斬られるかの興奮状態にあるので痛みは感じなかった。

幸右衛門ははまった足を抜くなり、大きく下がった。

間合い二間(約三・六メートル)で対峙《たいじ》する。亭主連中の出払った長屋は静かだったが、騒ぎを知った女房たちが各々の家からこわばった顔を突きだして、何事だと息を呑んでいた。

「きさま、何のためにこんなことを」

幸右衛門は相手の隙を探しながら問うた。

相手は答えない。薄い唇を引き結び間合いを詰めてくる。

「名乗れ」

「益川左馬之助《ますかわさまのすけ》。故あってお命頂戴する」

相手は初めて答えた。小さな声であった。

「誰かの差し金か」

そう問いかけたとき、幸右衛門ははっとあることに気づいた。

「もしや……」

つづく言葉は益川が斬り込んできたので口にできなかった。

正面からの撃ち込みを鍔元で受けて、すかさずはじき返し、数歩下がって青眼《せいがん》の構えを取る。幸右衛門は浴衣姿。しかも、上半身をはだけ、素足である。左肩の傷から血が流れ落ちている。

益川左馬之助という刺客は、白絣《しろがすり》を着流した雪駄《せった》履きである。涼しげなその顔には汗の粒が浮かんでいた。

幸右衛門は汗で滑りそうになっている刀の柄《つか》を、ゆっくりとにぎりなおした。ほんとうは片手でもいいから、掌《てのひら》の汗をぬぐいたかった。相手の出方を待ちながら、狭い長屋の路地を素早く見る。

路地の幅は五尺（約一・五メートル）ほどだ。刀を十分に振ることはできない。撃ち込むなら上段からの袈裟《けさ》懸《が》け、あるいは逆袈裟、そして正面からの突きが有効であろう。

周囲を飛んでいた蠅が、あろうことか幸右衛門の片眉に張りついた。首を小さく動かして追い払おうとするが、蠅はぴたりと止まっている。

代わりに益川が動いた。右足を踏み出して突いてきたのだ。幸右衛門は半歩下がってかわしたが、その刹那《せつな》、益川の刀は小さく変化した。逆袈裟に鋭く振ったのだ。

「あわッ……」

幸右衛門は胸を斬られていた。裸の胸に傷が斜めに走り、血が小さく迸《ほとばし》った。片膝をつくと、さらに右肩に衝撃があった。

周囲で悲鳴があがるのと、幸右衛門が倒れたのは同時だった。

二

その侍が佐賀町《さがちょう》の自身番《じしんばん》に運び込まれたのは、町木戸の閉まる四つ（午後十時）前だった。音松《おとまつ》はたまたまその騒ぎを知り、好奇心に駆られて自身番を訪ねた。町方の小者《こもの》をやっていたという経験があるので、こういうときにはじっとしておれないのだ。

「何事です？」

自身番は冬でも戸を開けてあるので、戸口からのぞき込むと、

「斬られたのです」

安兵衛《やすべえ》という書役《かきやく》が答えた。

たしかに斬られたらしい侍は、荒い息をしながら痛みに顔をしかめ、目をつむっ

ていた。

自身番詰めの二人の番人が、医者を呼ばなければならない、町方にも連絡しなければならないなどと狼狽《うろた》えている。

「ちょいといいですかい」

音松は断って、侍のそばに行き、傷の具合を見た。脇腹を深く斬られている。そのせいで腰のあたりは真っ赤な血で染まっていた。

「お侍、大丈夫ですか？」

音松が声をかける。侍は小さく目を開け、か弱く首を振った。痛みが激しいのかもしれない。とすると、傷は内臓に達しているのか。それに血は流れつづけている。放っておけば失血死は免れないだろう。

「急いで医者を呼んでくるんだ。それから御番所に知らせてくれ」

音松は二人の番人にそう指図してから、盥《たらい》に水を汲み、手ぬぐいと晒《さらし》を書役の安兵衛に用意させ、傷を洗ったあとで、晒で傷口を押さえた。だが、その晒もすぐに真っ赤に染まってきた。

「話はできますか？」

音松は侍に声をかけた。侍は小さくうなずく。

「名前は何とおっしゃいます?」

「……下崎、勘兵衛《かんべえ》……」

侍は唇をふるわせながら答えた。

「八戸前《はちこまえ》で斬りあってこうなったようです。詳しいことはわかりませんが、この人を斬った侍はそのまま逃げたといいます」

安兵衛は知らせを受けたときに、そのことを聞いたのだろう。八戸前というのは、中之橋《なかのはし》南側の通りをいう。三井越後《みついえちご》屋の貸蔵が八棟並んでいるからだった。

「相手のことはわかっているんですか?」

音松は安兵衛を見た。だが、下崎勘兵衛という侍が答えた。

「敵《かたき》だ。……父幸右衛門の敵、益川左馬之助だ」

「それじゃ返り討ちにあったのですか?」

勘兵衛は悔しそうに口を引き結び、小さくうなずいた。

「益川という侍はどこの何者なのです?」

「田村《たむら》屋という、茶問屋に雇われていた者だ」

「どこの田村屋です？」

音松は勘兵衛をのぞき込んで聞く。

「本石町《ほんこくちよう》の、田村屋……」

「音松さん、この人は苦しそうです。話を聞くのは医者の手当てが終わってからのほうがいいでしょう」

安兵衛が横から窘《たしな》めた。

そのとき、戸口に五郎蔵《ごろぞう》という町の岡っ引きがあらわれた。

「斬り合いがあったんだって……」

五郎蔵はそういいながら、横になっている勘兵衛を眺めた。

「親分、この人を斬ったのは益川左馬之助という侍です」

音松が告げると、五郎蔵はゲジゲジ眉を動かしながら土間に入ってきた。固太りの体の上にのせている猪首《いくび》を小さくかしげて、どういうことだと聞く。

「この方は下崎勘兵衛さんとおっしゃいます。相手はこの方の父親の敵だったそうで……」

「それじゃ返り討ちにされたってェのか……」

五郎蔵はいいながら勘兵衛をのぞき見る。

「傷は浅くありません。いま、平太《へいた》さんが医者を呼びにいっています」

平太というのは自身番の番人だ。鼬《いたち》顔をしているので、鼬の平太と揶揄《やゆ》されている。

「御番所《ごばんしょ》に知らせなきゃならねえな」

「そっちには春吉《はるきち》さんが走っています」

音松が答えると、やけに手まわしがいいなと、五郎蔵は感心顔をして言葉をつぐ。

「それで相手の居所はわかってんのか」

「本石町の茶問屋・田村屋に雇われていたそうです」

「十年前はそうだった」

苦しそうな声で勘兵衛がいった。

「十年前……てことは、いまはその店にはいないってことですかい」

勘兵衛は小さく首を横に振り、悔しそうに口を開いた。

「やっと見つけたのだ。なのに……このザマだ」

「その益川という侍は浪人ですか」

「さようだ」

「で、下崎さん、あなたもご浪人ですか」

「ああ」

「親分、苦しそうですから医者の手当てが終わってから聞いたらどうです」

安兵衛が五郎蔵を窘める。

「そうだな。それにしてもひどい怪我だ」

「傷が深く、血が止まらないんです」

音松がそういったとき、番人の平太が医者を連れて戻って来た。

「先生、この人を助けてくれ。いろいろ話を聞かなきゃならねえんだ」

五郎蔵は医者にそういって、一歩下がった。

「傷口を洗って血止めをしたんですが、血は止まりません」

音松の言葉に医者はうなずいて、勘兵衛の傷口を見た。

「こりゃひどいな」

「先生、助けてくれよ」

五郎蔵がいうと、医者は盥に水を汲んできてくれといった。

「先生、どうです」

音松は医者をのぞき込むように見た。町内に住む奥村亀仙《おくむらきせん》という医者だった。町のものは陰で「藪《やぶ》」だといっているが、いまは亀仙が頼みだった。

「やれるだけのことはする」

亀仙はそういって手当てにかかった。

三

番人の春吉が町方を連れて戻って来たのは、手当てを終えた亀仙が帰ってからしばらくたったときだった。

「刃傷《にんじょう》沙汰があったらしいな……」

やってきたのは南町奉行所の定町廻り同心・中村直吉郎《なかむらなおきちろう》だった。平次《へいじ》というのっぽの小者《こもの》を連れていた。

直吉郎は居間にいる音松に気づくと、おまえいたのかと、小さくいって土間に入ってきた。

音松は以前同じ奉行所にいた沢村伝次郎《さわむらでんじろう》の小者を務めていたので、直吉郎とは顔見知りである。

「ついいましがた、息を引き取りました」

音松の言葉に、直吉郎は眉宇をひそめて、下崎勘兵衛を見た。目を閉じ息をしていない勘兵衛の顔は安らかであった。

「いってェどういうことだ。斬られたということだが……」

直吉郎は音松から書役の安兵衛に視線を移した。答えたのは音松だった。

「この人は下崎勘兵衛とおっしゃる浪人です。斬った相手は益川左馬之助という、やはり浪人です。益川がどこで何をしているのかはわかりません。わかっているのは十年前に、本石町の茶問屋・田村屋に雇われていたということだけです」

「十年前……」

直吉郎は眉宇をひそめて音松を見る。

「この人の父親は幸右衛門とおっしゃいまして、益川左馬之助に斬られて死んでいます。それで敵討ちをするために勘兵衛さんは、ようやく益川を探しあてたのですが、返り討ちにされたのです」

「ふむ。それで、この下崎殿はどこに住んでいて何をやっていたのだ。まさか霞を食って生きていたのではねえだろう」

直吉郎は居間の縁《へり》に腰をおろした。

「そこまで聞くことはできませんでした。ただ、半年前まで糸島周《いとしましゅう》右衛門《えもん》様とおっしゃるお旗本《はたもと》の屋敷の家人《けにん》をしておられたそうです」

「糸島周右衛門……ま、旗本なら調べればすぐにわかるだろう。だが、なぜこの下崎殿の父親は益川左馬之助に殺されたのだ？」

「それも聞くことはできませんでした。医者の手当てのあとで話をしたのですが、傷が深くて詳しいことを聞けなかったんです」

「そうか……」

直吉郎はふうと、嘆息をして、しばらく思案顔になった。

音松は安兵衛と二人の番人を眺めて、直吉郎のつぎの言葉を待った。

「とにかく浪人同士の斬り合いだった。そういうわけだな？」

「そうなります」

音松が答える。

「てことは、おれたちの調べってことか……」

直吉郎は両膝をぽんとたたいた。斬り合った両者が幕臣や大名家の家臣なら、町奉行所の扱う事案にはならない。今回の件は、浪人同士が起こした刃傷沙汰なので町奉行所扱いとなる。

「それで中村様、死体《おろく》はどういたしましょう」

書役の安兵衛がおそるおそる訊《たず》ねる。

「名前はわかっているが、妻子がいるのか、どこに住んでいるのかわかっていねえんだな」

「はい」

返事を受けた直吉郎は、表の闇に目を向けた。冷たい夜風が開け放されている戸口から吹き込んでいる。

「すぐに死体が腐る時季ではねえから、二日ばかり御番所で預かることにするか。その間に下崎殿の住まいがわかれば、そっちに引きわたすことにしよう。明日の朝、この死体を御番所に運んでくれるか」

「承知いたしました」

答えた安兵衛は二人の番人を見て、そういうことだからといった。

「それで、この下崎殿と下手人の益川左馬之助が斬り合うのを見たやつはいるんだろうな」

「斬り合いがあったのは八戸前です。一部始終を見たのかどうかわかりませんが、この方が斬られて倒れたというのを知らせに来たのは、由吉《よしきち》という金物屋の奉公人でしたから、その由吉が知っているはずです」

「この町の金物屋だな」

「さようです。堺屋《さかい》という店の者です」

「そっちは明日にでもあたろう。音松、ちょいと顔を貸してくれるか」

直吉郎はそういって立ちあがり、音松を表にうながした。

「おめえさん、この一件をちょいと手伝ってくれねえか」

音松が表に出るなり、直吉郎はいった。

「へえ、そりゃかまいませんが……」

「店もあるだろうが、おめえは下崎勘兵衛から話を聞いている。そうだったな」

「すべて聞いたわけではありませんが……」

「仕事の手が放せねえなら無理にとはいわねえが、どうだ」

直吉郎は一応気を使ったことをいう。

音松は同じ佐賀町で油屋を営んでいる。店の名は、そのまま「音松」である。切り盛りをしているのは女房のお万《まん》で、音松は町をぶらついていることが多い。

「店のことは気にすることはありません。わかりました、やらせてもらいます」

「で、伝次郎はどうしている？」

「ここしばらく会っていませんが、変わりはないと思います。もしや、旦那にも……」

音松が旦那というのは、伝次郎のことである。

「それは考えてねえ。だが、おめえは伝次郎の手先だった。いまはそういう間柄じゃねえだろうが……」

直吉郎は言葉を濁したが、本心は伝次郎に助《すけ》を頼みたいと思っているはずだ。音松はその心中を察しながら直吉郎を見る。

「とにかく明日の朝、この番屋に来る。そのときにまた話をしよう」

「わかりました」

四

年が明け、家々の前にあった門松が払われても、冬の寒さは緩《ゆる》んでいなかった。ましで、曇り空の朝は一段と寒さが身に応《こた》える。

沢村伝次郎は舟を留めている猿子《さるこ》橋際の河岸《かし》前で、ぶるっと肩をふるわせ、綿入れ半纏《はんてん》を羽《は》織《お》りなおした。

目の前の六間堀《ろっけんぼり》から蒸気が立ち昇っている。堀川にはまだ行き交う舟の姿はなかった。

伝次郎は雁木《がんぎ》を下りると、舫《もやい》をほどいて猪牙《ちょき》舟に乗った。棹《さお》をつかんだが、掌に張りつきそうなほど冷えている。まるで氷の棒をにぎったような感じだ。

「たまらねえな」

小さくぼやいて、棹を足許《あしもと》に置くと、手焙《てあぶ》りに火を入れた。客のために用意しているが、客を待つ暇なときに暖が取れる。熾火《おきび》ができると、全体に火がゆきわたるように団扇であおぐ。炎がすぐに熾《お》きて、パチパチッと小さな音を立てた。

しばらく手を暖めてから、もう一度棹をつかんだ。さっきよりましである。今朝は普段より早い出だった。昨日のうちに約束を取りつけていた客を迎えに行くためである。

股引《ももひき》に腹掛け、そして膝切りの着物を着ていた。さらに綿入れの河岸半纏だが、体が暖まるまでは寒さとの戦いである。

息をすれば白い筒ができる。川風の冷たさが厳しいので、手ぬぐいで頬被《ほっかむ》りしていた。そうでもしなければ、耳がちぎれそうに痛くなる。

「さて、行くか」

伝次郎は独り言をいって棹先で岸壁を突いた。すいっと猪牙舟が滑るように動く。舳《へさき》先を六間堀の下流に向ける。堀川は小名木川《おなぎがわ》に流れ込んでいる。

ゆっくり棹を操りながら、ときどき空や河岸道を見る。日はうすい雲の向こうにぼやけている。河岸道には大八車を押す車力《しゃりき》と、天秤棒を担いだ行商人の姿があった。

人はまだ少ない。商家も暖簾《のれん》をしまったままで、大戸も開けられていなかった。やがて猪牙舟は小名木川に出た。そのまま東のほうに向かう。下ってきた六間堀は、名前のとおり幅六間ほどだが、小名木川は広いところで二十間（約三六メートル）、狭いところで十四間（約二五メートル）ある。水深はさほどないが、水量は豊かで曇天の空や河岸道の柳、あるいは商家を映していた。

流れがゆるやかなので、伝次郎はゆっくり棹を使って猪牙舟を進めた。水面から立ち昇っていた蒸気は、徐々に少なくなり、目的地の横十間川《よこじっけん》に架かる大島橋《おおじま》に着く頃には消えていた。

伝次郎は大島橋のたもとに猪牙舟を繋《つな》いで、客を待った。手焙りにあたりながら、煙管をくゆらす。気づかないうちに鳥たちの声が高くなっていた。

それに河岸道を行き交う人の姿も増えている。長屋を出て行く職人や商家の奉公人、そして侍。行商人の姿もあれば、黒い袈裟を着た数人の僧侶も見られた。

「やあ、船頭さん」

河岸道に杖をついた年寄りがあらわれた。待たせたかね、と聞いてくる。

「いま来たばかりです。頃合いがようござんした。気をつけてください」

伝次郎は年寄りに手を貸しながら、舟が揺れないように気を配って、舟に乗せた。

「今日も冷えるね。年を取ると、寒さが身に応えてかなわぬ」

「手焙りにあたってください」

伝次郎はそういって猪牙舟を出した。

「行き先は昌平橋《しょうへい》でようござんすね」

「ああ、頼むよ」

伝次郎はそのまま横十間川を北へ進め、竪川《たてかわ》に乗り入れ、今度は大川《おおかわ》に向かって猪牙舟を下らせた。

年寄りはどこぞの商家の隠居で、神田《かんだ》明神にお参りに行くのだという。それが例年の習わしらしい。

「あんたの舟に乗せてもらってから、あたしゃ他の船頭を使いたくなくなったよ」

それまで黙っていた年寄りが、ぼそぼそつぶやくようにいった。

「そりゃどうも。ありがたいことで……」

「ほんとだよ。他の船頭とちがってあんたは腕がいい。それに気の使い方をよく心得ている。安心できるんだよ。いい船頭さんを知ってよかった」

伝次郎がこの年寄りを乗せるようになって一月《ひとつき》ほどだ。名前も知らなければ、その素性も知らない。ただ、商家の隠居だというのを、本人から聞いただけだ。

船頭は客にいらぬ穿鑿《せんさく》をしない。それはある意味での礼儀だった。ただ、聞きもしないのに勝手にしゃべる客もいる。自慢話をして得意がる客もいる。かと思えば、乗り込んできたまま、ずっと黙り込んでいる客もいる。

客はそれぞれである。話しかけられれば応じるし、寡黙《かもく》な客には静かに乗っていてもらうだけである。

「船頭さん、仕事は長いのかね？」

年寄りは間が持たなくなったのか、そんなことを聞いてきた。

「かれこれ五年ほどになりましょうか」

「五年……やけに短いね。こりゃ驚きだ」

たしかに短い。船頭の修業は一人前になるまで「艪《ろ》三年棹八年」といわれている。よって、伝次郎が一人前の船頭になったのは異例の早さだった。

それも、いまは亡き師匠の嘉兵衛《かへえ》の指導があったからだが、その嘉兵衛でさえ伝次郎の呑み込みの早さには舌を巻いていた。

「それじゃ、その前は何をやっていたんだね」

「いろいろです。いろいろありましてね」

町奉行所の同心だったとはいえない。それに役目に味噌をつけてやめた口だからなおさらだった。

「まあ、人は人、それぞれだからね。長く生きているといろんなことがあるもんだ。ところが年を取ると、自分の人生の短さに驚くんだ。子供の頃のことを昨日のことのように思いだすこともある」

できた年寄りだと、伝次郎は思った。そうでない客は、船頭になる前のことを、根掘り葉掘り聞きたがる。

商売人だったのか。ひょっとして侍だったのではないか。なかには、まさか脛《すね》に傷があるんじゃないだろうね、などと失礼なことをいう者もいる。

そんなとき、伝次郎は適当にかわす。そのかわし方も経験を積んで覚えていた。

「子供の頃をですか？」

「ああ、あんたもあたしぐらいの年になればわかるよ。三つ四つの頃のことを思いだすんだ。もっとも何もかもではないけれど、忘れていないことがいくつもある。人生意気盛りだった頃のことも、所帯を持った頃のことも、いろいろ思いだせる。人の頭はたいしたもんだよ。だけど、肝心なことをついと忘れちまうんだ。思いだそうとしても、なかなか思いだせないこともあるし、他人様からあのときはこんなことがあったといわれても、こっちはすっかり覚えていないこともある。おかしなもんだ」

饒舌《じょうぜつ》になった年寄りは、そういったあとで勝手に笑い、そのあとでひどく咳《せ》き込んだ。

「ご隠居、大丈夫ですか」

伝次郎は年寄りを振り返った。

「ああ、心配はいらないよ。ときどきあるんだ。風邪を引いてるわけでもないんだけどね」

年寄りは胸のあたりをさすっていた。

竪川を抜け大川に入ると、波がうねっていた。ゆったりしたうねりだが、まるで生き物のようだ。実際、川は生き物だった。

それを教えてくれたのも師の嘉兵衛だった。川は光の加減で、色を変える。浅いところと深いところではその色がちがうし、溜まりと流れの急なところも経験を積むことによって色で見わけられる。澪然《みおしか》りである。

伝次郎は大川から神田川に入って、昌平橋の近くで猪牙舟を止めた。

「船頭さん、これで頼みます。釣りはいらないからね」

年寄りは気前よく一分《ぶ》をわたしてくれた。過分である。舟賃はせいぜい三百文《もん》だ。

「恐れ入りやす。それじゃお言葉に甘えさせていただきやす」

こういったとき断っても聞き入れられないのはわかっている。素直に受け取って礼をいったほうが、客もいい気持ちになるようだ。

「気をつけて行ってらっしゃいまし。それで帰りはどうしますか」

「帰りもあんたの舟を使いたいが、どうなるかわからないんだ。ずっと待ってもらうわけにもいかないだろう。また頼みますよ」

「へえ、それじゃまた」

伝次郎が頭を下げると、

「今日があたしの初詣なんですよ」

年寄りはそういって小さく微笑んだ。

五

その日はずっと曇り空で、すっきりしない天気だった。

七つ（午後四時）を過ぎると、もうあたりが暗くなりはじめたので、伝次郎は早めに仕事を切りあげることにした。

それにしても最初の客がよかったのか、つぎからつぎへと声がかかり、都合十一人の客を乗せるという繁盛日だった。寒いのは変わらなかったが、懐は暖かくなっていた。

最後の客を小網町《こあみちょう》河岸で下ろすと、そのまま猿子橋の舟着場へ向かった。

帰ったら早めに千草《ちぐさ》の店に行って、熱いのをつけてもらおうと考える。そう思う矢先から楽しみになってきた。こんな日には熱燗《あつかん》で体をあたためるに限る。

伝次郎は大川をわたりながら勝手な思いに囚《とら》われた。しかし、今朝一番に迎えにいった年寄りの話が、頭のどこかにこびりついているのか、ひとつひとつの言葉を思いだした。

考えてみれば、伝次郎も年である。すでに四十の坂を上りつづけている。幼かった頃の思い出が、ときどき甦るのはたしかだった。

父・伝之助《でんのすけ》の顔がふわりと脳裏に浮かんだりするのだ。その父に甘えたり、叱られたときのことを細切れに思いだす。朝早く起きて台所に立っていた母の後ろ姿。そしてやさしい微笑みも忘れていない。

初めて町奉行所に出仕し、見習い同心だったときのことも思いだすし、熱心に剣術修業に励んでいたことも忘れていない。しかし、それはあの年寄りがいったように、すべてではない。記憶は断片的でしかない。

ただ、忘れることのできないことがひとつだけある。

それは千草といっしょになる前、町奉行所を去った頃のことである。あろうことか妻子が殺されたのだ。

下手人は江戸の町を震撼《しんかん》させていた津久間戒蔵《つくまかいぞう》という辻斬りだった。伝次郎は浪人となり、船頭を生業《なりわい》にするようになってからも津久間を追いつづけ、ついに本懐を遂げたのだが、やはり家族の遺体に接したときの衝撃と悲憤は忘れられない。

(苦い思い出だ)

伝次郎は棹を操りながら、眉間《みけん》に深いしわを彫った。

夫に尽くすよき妻だった佳江《よしえ》、長男の慎之介《しんのすけ》。その二人の楽しそうな笑顔と、死に顔をいまでも結びつけることができない。

あのときは何の因果で、悲痛な災いが我が身に降りかかってきたのかと、天を呪いたくなった。その代わりに千草という連れあいを持つことになったのであるが、過去の不幸をすべて水に流すことはできない。

そんなことをあれやこれやと考えているうちに、猿子橋の舟着場に着いていた。

思いがけず音松に出くわしたのは、河岸道にあがってすぐのことだった。

「なんだ、音松じゃねえか」

「あ、これは旦那」

キョロキョロとあたりを見ていた音松が振り返った。どこかかたい表情だったが、まあるい顔を緩ませた。

「何をしてんだ」

「え、ま、その……」

「なんだ？」

「じつは、中村の旦那の助ばたらきを請け負っちまったんです」

「中村って、直吉郎さんか？」

「へえ」

「どういうわけで？」

「話せば長いんですが、うちの近所で殺しがあったんです」

「殺し。穏やかじゃねえな。こんな寒空の下での立ち話もなんだ、おれの家で聞かせてくれ。それとも手が離せねえか」

「いえ、かまいません」

伝次郎はそのまま音松を連れて、六間堀町の自宅長屋に帰った。

「それで、どういうことだ」

居間の火鉢を挟んで向かいあうと、伝次郎は炭火を熾《おこ》しながら聞いた。

「昨夜のことです。表で何やら騒ぐ声がしたので見に行くと、怪我人が佐賀町の番屋に運び込まれるところだったんです。気になったんで行ってみると、斬り合いをして斬られた侍でした。あとでわかったんですが、下崎勘兵衛というご浪人で、十年前に父親を殺されていたんです。そのために下崎さんは敵討ちをしようとしたらしいんですが、返り討ちにあったんです」

「その相手が、下崎という浪人の父親を殺しているんだな」

「さようで。しかし、届けを出していないので、思いを果たしたとしてもただの殺しになります」

「相手も同じだ。それで、その相手のことはわかっているのか？」

「名前は益川左馬之助。十年前は、本石町の茶問屋・田村屋に雇われていたそうです。つまり、用心棒だったんでしょう」

「すると、浪人というわけか……」

浪人同士の殺しあいなら町奉行所の扱う事案である。伝次郎は五徳《ごとく》の上の鉄瓶を置き換えて水を足した。

「中村の旦那は早速、田村屋に聞き込みをしていますが、益川左馬之助はとうの昔に店を離れていまして、いまどこで何をしているかわかりません」

「益川を探す手掛かりはあるのか」

伝次郎は煙管に刻みを詰めながら音松を見るが、おれも余計なことを聞いているなと、内心で自嘲《じちょう》したくなった。

「それがないんで聞き込みをしていたんです。この辺を歩いている下崎さんを見たという豆腐売りがいましてね。ひょっとすると、下崎さんはこの辺に住んでいたんじゃないかと思い、それで探していたんです」

「中村さんが受け持ちになったんだな」

「そうです。ま、あっしも行きがかり上、助をしてくれといわれりゃ断れませんので」

「相手が中村さんなら断れねえだろうな。それにしても返り討ちにあうとは、その下崎という浪人も可哀相に……」

「父親の敵を討とうとして殺されたんですからね」

音松はしんみりした顔でいう。

「音松、助ばたらきもいいが、無理はするな」

「わかっています。それで旦那」

「なんだ」

伝次郎は吸っていた煙管を火鉢の縁に打ちつけた。

「中村の旦那は、旦那に手伝ってもらいたいようです。口にはされませんが、あっしにはわかります。でも、旦那には仕事がありますからね。すいません、余計なことでした」

そういって頭を下げる音松を、伝次郎は静かに眺めた。

「音松、わかっているだろう。おれは船頭だ。そのこと、忘れないでくれ」

「へえ、申しわけないことで……」

音松はまた頭を下げた。

六

「いらっしゃい……」

店に入るなり、千草が声をかけてきたが、途中で言葉を呑んだ。相手が伝次郎とわかったからだ。

「おれが口開けか」

伝次郎はそういって、いつもの小上がりの隅に腰をおろした。

「ここ二、三日暇なんですよ。客の入りも遅くなっているし……。つけますね」

「頼む」

千草はそのまま板場に下がった。客のいない店は静かである。普段ならこの時分には、贔屓《ひいき》の客が二、三人いて騒がしく飲んだり、あることないことを話しては笑いあったりしている。

「忙しかったですか」

千草が板場から声をかけてきた。

「今日はめずらしく客が途絶えなくてな」

「それはようございました。それじゃお疲れですね」

「そうでもないさ。忙しいと疲れを感じないが、暇だと疲れる。おかしなもんだ」

「そういうものかもしれません。客商売も同じです。それにしても今日は冷えます」

伝次郎は千草の話を聞き流しながら手焙りの炭を整えた。壁の一輪挿《ざ》しに赤い椿《つばき》が投げ入れられていた。

しばらくして千草が酒と肴《さかな》を運んできた。

肴は蛤《はまぐり》の酒蒸しと菜の花のからし和《あ》えだった。

「お腹が空いてらっしゃるんだったら、炊きたてのご飯があります」

千草はそういいながら酌をしてくれる。

銚子を持つ指は、細身の体と同じくしなやかだ。しかし、千草は着痩せする女で、見た目にはわからないほど肉置《しし》きが豊かだ。

「どうなさったの」

酒を飲む伝次郎の視線に気づいて、千草が小首をかしげた。

「いや、おまえは年を取らないと思ったのだ。会った頃と容色《ようしょく》に変わりがない」

「ま、それはお世辞ですか」

千草は照れたように顔をうつむけた。白いうなじが行灯《あんどん》のあかりに映えた。

「いまさらお世辞をいっても、はじまらぬだろう」

「たまにはお世辞のひとつも、いってもらいたいものですわ」

千草は鼻に小じわを寄せていう。

「飯はあとでいい。飲むか」

「どうせ暇だし、いただこうかしら。それじゃもう一本つけておきます」

千草はさっと立ちあがって板場に戻った。

伝次郎は蛤の酒蒸しに箸をつけた。うす味だが、蛤の身にはしっかり味がしみていてうまい。菜の花のからし和えも、季節にあった味でいい酒の肴になった。

千草が戻ってくると、伝次郎はその朝一番に乗せた年寄りの話をした。

「いくつになっても忘れられないことってありますものね。でも、忘れていることもたくさんあります」

「そうだな、忘れていることのほうが多いのかもしれん」

「でも、よぼよぼになっても幼い頃のことを思いだすのかしら……」

「その年になってみなけりゃわからんが、切れ切れに思いだすのだろう。人間の記憶は馬鹿にできねえってことだ」

「かもしれませんね」

千草がいつになく神妙な顔で応じたとき、ガラッと戸が開いた。入ってきたのは大工の英二《えいじ》だった。つづいて、同じ大工仲間の多加次《たかじ》も入ってきた。

二人ともどこかできこし召してきたらしく、鼻を赤くしていた。

「なんだご両人、見せつけてくれるじゃねえか」

多加次が冷やかすように笑っていえば、

「悪いとこに来たんじゃねえか。河岸を変えるか」

と、その気もないくせに英二がいう。

「何いってんのさ。早くお座り」

千草はすっくと立ちあがって、客を客とも思わない口調でいう。二人は首をすくめて、土間席に腰をおろした。

「どこでやって来たんだ」

伝次郎はどちらにともなく聞いた。

「この先の角っこにできた店、知らねえかい。ちょいと様子見をしてきたんだよ」

英二はそういってしゃっくりをした。

たしか近くに女の始めた居酒屋があった。

「で、どうだった」

「まあ、どうってことねえな。やっぱ『ちぐさ』のほうがおれたちには合ってる。そうだな、多加次」

「ああ、『ちぐさ』が一番だ。酒を頼むよ、千草さん」

多加次が板場の千草に声をかける。ややこしいが、店の名は「ちぐさ」である。

「それにしてもあの店の女将《おかみ》、なんか陰気くせえんだよな。滅多に笑わねえし、酒がまずくなっちまうわ」

多加次はぼやくが、

「おれは気にならねえな。ま、三十路《みそじ》を過ぎた薹《とう》の立った女だけど、ありゃあれでいいんじゃねえか」

と、英二は満更《まんざら》でもない様子だ。

「悪いけど、わたしも三十路を過ぎた薹の立った女よ」

千草が板場から銚子を運んできながらいう。

「いやいや、千草さんにかなう女なんてそういるもんじゃねえさ。なあ伝次郎さん」

英二は伝次郎に愛想笑いを向ける。

「まあ、これからも贔屓に頼むよ」

伝次郎は軽く応じ、手酌をする。

「それにしてもあの店の女将、後ろにやくざでもついてるんじゃねえか。どうもそんな匂いがすんだよ」

千草の酌を受けながら多加次がいう。

「やくざ、どうして？」

興味を持ったのか千草が聞く。

「なんかこう陰のある顔なんだよ。わけあり顔っていうのかね。そんな気がするんだ」

「うちに挨拶にみえたときは、そんなふうには見えなかったけど……」

「いや、ありゃあ男を食い物にしてるって顔だ」

「決めつけたことを。まったく酔っ払いの戯言《ざれごと》ね。で、何か食べるの」

「ああ、ちょいと魚を焼いてもらいてえな。さっきの店の味がどうも今ひとつだったからな」

「それじゃ鯛《たい》でも焼きましょう。今日はそれしかないから」

英二はそれでいいという。

伝次郎は独酌しながら、英二と多加次のいう店のことを頭に思い浮かべた。この店と間口は同じで、「さがみ屋」という看板を出している。女将を見たことはないが、千草は感じのいい女だといっていた。

英二と多加次は「さがみ屋」の女将の話から、大工仲間の仕事ぶりを貶《けな》しはじめた。酔った勢いでの話だろうが、二人ともすでに呂律《ろれつ》があやしくなっていた。

それは伝次郎が二合の酒を空けたときだった。店の戸にどしんと人のぶつかる音がしたと思ったら、いきなり戸が引き開けられ、申兵衛《しんべえ》という家主が入ってきた。

「で、伝次郎さん、いてよかった」

申兵衛は口をぱくぱくさせながら伝次郎を見ていった。

「どうした」

「ひっ、ひ、人殺しです」

申兵衛はそこにいる多加次と英二には目もくれず、両手で空を掻くようにして伝次郎のそばにやってきた。

「どういうことだ?」

「わ、わかりません、この先の店です。年明けにできた『さがみ屋』の女将が殺されてるんです」

「ほんとか」

伝次郎は盃を置くと、土間席にいる多加次と英二を見た。二人ともぽかんと口を開け、酔いの醒めた顔をしていた。

七

「さがみ屋」に行ったのはすぐだった。

伝次郎が戸を開けると、板場の入り口に女将がうずくまったようにして倒れていた。土間には血溜まりがあり、女将は血の気をなくした顔を横に向けていた。

「おい、おことさん」

呼んだのは伝次郎といっしょに駆けつけてきた千草だった。女将の名がおことなのだ。千草の後ろには多加次と英二もいる。そして、申兵衛が蒼白な顔で立っていた。

「ほ、ほんとに死んでいるの……」

千草が声をふるわせる。

伝次郎は女将に近づいて、肩に手をかけた。呼吸しているのがわかった。

「死んではいない。おい、大丈夫か」

女将は閉じていた目を開け、唇をわなわなとふるわせた。

「どこだ、どこを怪我している?」

伝次郎は傷口が大きくならないように、おことという女将の背中から腰のほうに手をまわした。それから腹のほうに手を進めると、生ぬるい血の感触があった。腹を刺されたか斬られているようだ。

伝次郎はさっと英二と多加次を見ると、手を貸せといって、三人でおことの体を小上がりに持ちあげて寝かせた。

「千草、盥があったらそれに水を汲んできてくれ。それから、手ぬぐいか晒がどこかその辺にないか」

「待って」.

千草は機敏に動くが、知らせに来た申兵衛はおろおろしている。多加次と英二は棒立ちのままだ。

「多加次、英二、千草を手伝ってくれ」

伝次郎はそういいながらおことの着物を、ゆっくりめくって傷をあらためた。脇腹に刺し傷があった。血はまだ止まっていない。

千草が水を持ってきたので、傷口を洗い、様子を見た。血はすぐにわき出てきたが、傷はそう深くないと思った。もちろん素人《しろうと》の診立《みた》てであるから、ほんとうのところはわからない。ただ、伝次郎の経験がそう思わせるのだった。

「しっかりしろ。大丈夫だ。死にはしない」

伝次郎はおことに声をかけてから、

「おい家主、医者を呼んでこい」

と、中兵衛にいいつけた。

酔っている多加次と英二では役に立たないと思ったからだ。

「い、医者ですね」

「早くしてくれ」

中兵衛が店を飛びだしていくと、伝次郎は手ぬぐいを使って簡単な血止めの処置をした。それでいくらかは持つはずだし、運がよければ出血が止まるかもしれない。

「千草、少し落ち着いたところで、どうしてこんなことになったか聞いてくれるか」

伝次郎はそばにいる千草にいうと、店の中をあらためるように眺めた。荒らされた形跡はない。争ったような様子もない。

客席はきれいに片づけられ、煙草盆もあるべきところにちゃんと収まっている。行灯もそのままのようだ。

おそらくおことを襲ったものは、店に客がいないのをたしかめて入ってきたのだろう。そして、おことの着物が乱れていなかったのを考えると、顔見知りの仕業かもしれない。

「呼吸が落ち着いたわ」

おことの様子を見ていた千草が、伝次郎を見ていった。

「おこと、誰にやられたんだ？　知っている者か」

「…………」

おことは目を閉じたまま黙っていた。伝次郎はもう一度問いかけた。

「客だったのか」

「…………」

「どうしてこんなことになった」

やはりおことは答えなかった。

「伝次郎さん、苦しいのかもしれませんわ。お医者の手当てが終わるまで、そっとしておいたほうがいいと思います」

千草にいわれた伝次郎は、おことを眺めた。目を閉じ、唇が少し開いている。呼吸の乱れはないようだが、傷の痛みに耐えているのかもしれない。うすく化粧した顔は蠟《ろう》のような色になっていた。

医者はなかなかやってこなかった。大家の中兵衛然《しか》りだ。

店はしんと静まっており、多加次と英二は土間席の床几《しょうぎ》から立ったり座ったりしている。

「伝次郎さん、何かやることありますか」

痺れを切らしたのか、多加次が色黒の顔を向けてくる。少しは酔いが醒めたようだ。

「何もないから帰っていい」

伝次郎は役に立たないと思ってそう答えた。

「それじゃあっしらは、お先に帰らしてもらいやす」

多加次は英二に顎《あご》をしゃくって、店を出て行った。それからすぐのことだった。

何やら表から怒鳴りあう声が聞こえてきた。

間髪《かんはつ》を容《い》れず、出て行ったばかりの多加次と英二が戻ってきた。

「大変だ、伝次郎さん、表で喧嘩《けんか》です」

英二がいえば、多加次が言葉を足した。

「斬り合いです」

第二章　水茶屋の女

一

伝次郎が表に飛びだすと、二つの影がぶつかり合うように火花を散らした。

「さがみ屋」から少し先、掛川《かけがわ》藩太田《おおた》家下屋敷の門前だった。

二つの影は短く鍔《ぜ》迫りあいをすると、パッと後ろに飛びしさり、互いに青眼の構えになった。両者の間合いは三間（約五・五メートル）ほどだ。

「何をやってるんです」

伝次郎は近づいて声をかけた。

「見ればわかろう」

右の男がいった。身なりから二人とも浪人のようだ。

「大名家の門前ですよ。何があったのか知りませんが、刀を引いてください」

「余計な口出し無用だ」

左の男がいって、「たあッ」と、気合い一閃《いっせん》、前に飛びながら上段から撃ち込んだ。右の男は脇にかわして、刀を袈裟懸けに振った。だが、かろうじて刀は相手に届かなかった。

「このッ……」

かわされた男は悔しそうに口をねじ曲げて、八相《はっそう》に構える。長身痩軀《そうく》だ。対する相手は、総髪の中肉中背だった。

両者はじりじりと間合いを詰めて、互いの隙を窺《うかが》っている。二人はただならぬ気迫と、殺気を身にまとっていた。

その空間だけぴりぴりとした緊張感に包まれているが、「さがみ屋」から出てきた伝次郎たちも、息を呑んで立っていた。

近所の料理屋や居酒屋にいた客が出てきて、野次馬になりつつある。

止めなければ死人が出る。そう思った伝次郎は、もう一度声をかけた。

「やめてください」

「うるせえ！」

総髪が遮《さえぎ》って長身の男に斬りかかっていった。

長身は隙をつかれて後ろに下がったが、背後の天水桶《てんすいおけ》に背中をぶつけて尻餅をついた。伝次郎のすぐそばだった。

そこへ総髪がとどめとばかりに、大上段から刀を振り落としてきた。伝次郎が俊敏に動いたのは、その直前だった。

尻餅をついている男に体あたりを食らわせたのだ。そのことで総髪の刀は、天水桶の縁にがつっと食い込んだ。

「うむッ」

総髪が目を剝いて長身の男をにらんだとき、伝次郎は脇差を手にしていた。長身に体あたりを食らわせたときに、素早く抜き取っていたのだ。

「覚悟ッ！」

総髪が刀を撃ちおろしてきた。

がちーん！

鋼《はがね》の音と同時に短い火花が散り、総髪の刀が撥ねあげられた。伝次郎が脇差で応戦したのだった。

「もう勝負はついた。あなたの勝ちだ」

伝次郎は立ちあがって、総髪にいった。

「きさま、余計なことを。町人のくせにちょこざいな」

「とにかく終わりです」

総髪は大きく肩を動かすと、

「前田《まえだ》、今夜のところはこれで勘弁してやる。つぎに妙なことをいったら、そのときこそきさまの命をもらう。覚えておけ」

そういって刀を納めると、肩を怒らせたまま高《たか》橋のほうに歩き去った。

「大丈夫ですか」

伝次郎は前田と呼ばれた長身の男を見た。

「ああ、何ともない。だが、きさまも余計なことを……」

前田は尻のあたりを払って、伝次郎の差しだす脇差を受け取った。それから目をすがめて伝次郎を見、

「きさま、剣術の心得があるようだな。元は侍か」

と、聞いた。

「前田さんとおっしゃるようですが、何があったのですか」

伝次郎は問いかけには答えずに、聞き返した。

「つまらぬ口論だ。きさまの知るところではない。しかし、あやつとは腐れ縁でな。何かと拙者《せっしゃ》に因縁をつけるのだ。だが、そんなことはどうでもいい」

前田は刀を鞘《さや》に納めると、

「騒がせたな」

と、まわりの野次馬たちをじろりと見まわし、そのまま何もいわずに、やはり高橋のほうに歩き去った。

伝次郎がふっと肩の力を抜くと、まわりにいた者たちが、「人騒がせなことだ」と、ぶつぶついいながら背を向けた。

「伝次郎さん、医者です」

伝次郎が「さがみ屋」に戻りかけたとき、多加次が一方を見ていった。猿子橋のほうから中兵衛といっしょに、慈姑《くわい》頭をした医者がやってくるところだった。

「早く、こっちです」

店の前に立っていた千草が、医者を急《せ》かすようにして「さがみ屋」の中に入れた。

伝次郎が店に入ると、千草が何事だったのだと聞いてきた。

「よくわからねえが、友達同士の喧嘩だったようだ。まったく人騒がせなことだ。それより……」

伝次郎は医者の手当てを受けはじめたおことを見た。

医者は脈を取り、熱はないかと、額と首筋に手をあて、それから伝次郎が取り急ぎ手当てをした傷口を調べた。

「先生、助かりそうですか」

聞くのは医者を呼びに行った中兵衛だった。

「血は止まりつつある。得物《えもの》が急所をそれていれば、命に別状はないだろう」

医者は薬を傷口に塗り、おことの腹に晒を巻いていった。

「今夜は様子を見て、静かにしていることだ。臓腑《ぞうふ》に傷がついていなければ、そのうち傷口は塞《ふさ》がるだろう。いずれにしても当分の間は安静だ」

「それは困ります」

おことが口を開いた。

「何が困る。命が大切だろう。無理はいかん」

「そうよ、おことさん、いまは先生のおっしゃることを聞くべきよ」

千草が取りなすと、おことはあきらめ顔をした。

二

医者と中兵衛、そして多加次と英二は帰ったが、伝次郎と千草はそのまま「さがみ屋」に残っていた。

おことの住まいは、店のすぐ裏にある申兵衛が大家をやっている長屋だった。だが、無理に動かせば体にさわると考え、今夜は小上がりに寝かせることにした。伝次郎はおことの長屋から夜具を運んできて、おことをそれに寝かせた。

顔色が戻っていて、千草の差しだす水を飲むようになった。伝次郎はその様子を見て、これなら死にはしないだろうと思った。

「おことさん、ちょいといいかい」

伝次郎は小上がりの縁に腰かけたまま声をかけた。おことは小さくうなずく。

「いったい誰に刺されたんだ」

「…………」

「知りあいかい？　それとも客だったのか？」

おことはそれにも答えなかった。黙って天井を見ていた。すっと鼻筋が通り、おちょぼ口で柳眉《りゅうび》、目は一重。美人の類いだ。

「……いいたくないのか？　てことは相手のことを知っているってことだな」

おことは返事をする代わりに、すうっと息を吐き、目をつむった。

伝次郎は千草と顔を見合わせた。

「無理に聞かないほうがいいわ。今夜は静かにしてたほうがいいんだから」

「……そうだな」

伝次郎は素直に折れた。いずれ大家の中兵衛が詳しいことを聞くだろう。場合によっては、町奉行所に届けを出すことになるかもしれない。もっとも、おこと本人が訴えないといえば、それまでのことではあるが。

「なんだか慌《あわ》ただしい夜になりましたね」

千草が自分の店に戻って、ため息混じりにいった。

「ああ、思いもしないことがあるもんだ」

伝次郎は土間席の床几に腰をおろした。

「飲みなおしますか？」

「そんな気分ではなくなった。茶をもらおうか」

千草はお待ちくださいといって板場に入り、すぐに茶を持ってきた。

「でも、どうしたのかしら？　刺した相手のことをいわないなんて……」

やはり千草もおことのことが気になっているようだ。

「おれは顔見知りだと思う。だが、いえないわけがあるんだろう」

「そうおっしゃっても、相手はおことさんを殺そうとしたんじゃなくて……」

「そこが引っかかるのだ。たしかに相手は殺すつもりで刺したはずだ」

伝次郎は茶に口をつけて、

「おことのことを、おまえはよく知っているのか？」

と、千草を見た。

「あんまりよくは知りませんわ。年明けにあの店を開いたときに挨拶に来たけど、そのときもあまり話はしていませんし……」

「亭主はいるんだろうか？　いや、いなそうだな」

伝次郎はおことの長屋に、夜具を取りに行ったときのことを思いだした。調度の品は多くなく、男物の着物も履物もなかった。部屋は女の独り暮らしそのものだった。

「あの店を開く前はなにをしていたんだろう？」

「さあ、それもわからないことです。気になるんでしたら明日にでも大家さんに聞いてみましょうか」

「そうだな。このまま放っておけることではなさそうだ。刺した相手は、おことが死んだかどうか、たしかめに来るかもしれん。そのとき、生きていると知ったら……」

「あなた、おことさんをひとりにしておいて大丈夫かしら」

千草がはっと目をみはって遮った。ふたりだけのとき、千草は伝次郎のことを「あなた」と呼ぶ。

「そういわれると心配だ」

伝次郎は湯呑みを置いて立ちあがった。

「どうするんです？」

「今夜はそばについていたほうがいいかもしれぬ」

「それじゃわたしがいっしょにいます」

「相手はおことを殺そうとした人間だ。おれもそばにいよう」

千草が急いで店を閉めると、伝次郎はいっしょにおことの店に引き返した。

再びやってきた伝次郎と千草に、おことは心配いらないから帰ってくれと、蚊の鳴くような声で遠慮をしたが、

「今夜ひと晩でもそばにいます。傷がもとで熱が出たりしたら困るでしょう。わたしたちのことは気にしなくていいから、おことさんはゆっくり休んでくださいな」

千草がいい聞かせた。

外の冷たい夜気が店の中に忍び込んできたが、火鉢と手焙りで寒さをしのぐことができた。おことが寝息をたてると、千草も褞袍《どてら》を羽織ったまま目をつむった。

土間席で横になった伝次郎は、手焙りを抱くようにして暖を取り、しばらく考え

ごとをしていた。

おことを刺した人間のこともあるが、音松が手をつけている殺しの件を思いだしていた。中村直吉郎がその件を扱っているので、いずれ片はつくだろうが、益川左馬之助という下手人はなまなかな腕ではないような気がする。

返り討ちにされた下崎勘兵衛という男は、十年間も父親の敵を討つために必死になっていたはずだ。いざという場合に備え、日頃の鍛錬も怠っていなかっただろう。

それなのに、返り討ちにあっている。本懐を遂げようとする人間は必死である。強い執念を持ちあわせているし、最悪刺しちがえる覚悟もあるはずだ。そういった人間は、自分の持っている技量以上の力を発揮する。

(それなのに……)

伝次郎はかぶりを振り、

(中村さんにまかせておけばいいのだ。いらぬお節介など無用だ)

と、自分にいい聞かせて目を閉じた。

気づいたときには表から鳥の声が聞こえてきて、腰高障子がわずかにあかるくなっていた。

伝次郎が半身を起こすと、気配に気づいた千草も目を覚ました。

「何も起きませんでしたね」

千草は安堵《あんど》した顔を向けてくる。

「うむ」

「今日は様子を見て、人を頼んでおことさんを長屋に移しましょう」

「それがいいだろう」

三

その朝、音松が佐賀町の自身番に行くと、すでに中村直吉郎が居間に座って茶を飲んでいた。

「音松、話がある。これへ」

うながされた音松は、雪駄を脱いで居間に上がり直吉郎の前に座った。

「何かございましたか」

「うむ」

直吉郎は勿体《もったい》ぶるように、茶に口をつけてから切りだした。

「益川左馬之助は、やはり浪人だった。十年前、本石町の田村屋に雇われていたのもはっきりした。だが、その後の行方が知れなかった。ところが、ひょんなところでやつの足取りがわかった」

「居場所がわかったんで……」

音松はのぞき込むように直吉郎の顔を見る。

「どこにいるか、それはわからねえ。だが、いっとき神田相生町《あいおいちょう》の佐伯《さえき》道場で師範代を務めていた。田村屋をやめたあとだ」

「佐伯道場……」

「念《ねん》流の達人といわれている佐伯光堂《こうどう》殿の道場だ。師範代をやっていたぐらいだから、かなりの練達者だろう」

「もうその道場にはいないんですね」

「いないが、やつには女がいた。お冬《ふゆ》という、元は上野《うえの》の水茶屋にいた女だ。その頃お冬は二十五、六だったらしいので、いまはいい年増だ。これがその頃の似面絵《にづらえ》だ」

音松は一枚の紙を手わたされた。お冬という女の顔が描かれていた。涼しげな一重の目。口は小さい。鼻筋の通った面長《おもなが》だった。

「益川はこの女といっしょのはずだ」

「それじゃお冬を探せと……」

音松は似面絵から顔をあげて直吉郎を見る。

「うむ。益川はおれのほうで探す」

「お冬を探す手掛かりはあるんですか？」

「ある。お冬には五つちがいの妹がいた。名はお光《みつ》。お冬はその妹の面倒を見ていた。当然、妹は姉のお冬のことを知っていなきゃおかしい。いまどこで何をしているかをな。そして、そのお光は根津《ねづ》の岡場所にいるらしい」

「根津ですか……」

「うむ。食うに食えなくなって流れたんだろう。さもなきゃ、面倒を見てくれていた姉のお冬に突き放されたのかもしれねえ」

「他には？」

「ねえ。それだけだ」

直吉郎は話はそれで終わったというように、茶を飲みほした。

音松がお冬の似面絵を懐に入れて自身番を出たのは、それからすぐのことだった。向かうのは根津門前町である。天保《てんぽう》の改革の一環で、市中の岡場所がつぶされるまで、根津には安女郎を囲っている店が何軒もあった。

音松は永代橋《えいたい》をわたり、日本橋《にほんばし》のごみごみした町屋を抜け八ツ小路《やっこうじ》まで来て、ひと休みした。茶屋の床几《しょうぎ》に座って、道を行き交う通行人をそれとなく眺めながら、直吉郎から聞いた話を頭の中で繰り返した。

お冬探しをいいつけたのは、おそらく中村さんのやさしさだと思いもする。益川左馬之助は下崎親子を斬った人殺しで、佐伯道場で師範代を務めたほどの練達者だ。

音松が下手に近づけば、どんな災難がそこに待ち受けているかわからない。最悪、そこには「死」という暗黒が、ぽっかり口を開けて待っているかもしれない。

直吉郎はその最悪の事態を考慮して、お冬探しをまかせたのだ。

「さて、行くか」

音松は声に出していうと、ぽんと膝をたたいて立ちあがった。そのまま八ツ小路を抜けて、昌平橋をわたる。橋の途中で、下を流れる神田川をそれとなく眺めた。

昨日はすっきりしない曇天だったが、今日は雲が払われ青空が広がっている。その日射しを受けてきらきらと輝く神田川には、上り下りする舟がある。荷を積んだひらた舟もあれば、猪牙舟もある。河岸場には何艘もの舟が繋《つな》がれていた。

「ん、あれは……」

音松はすぐ近くにある舟着場に目を凝らした。そこに伝次郎がいたのだ。

「旦那」

小さくつぶやいた。

伝次郎は客を乗せたばかりで、棹で岸壁を押すと、そのまま川を下っていった。

音松は伝次郎の背中を見送ってから橋をわたった。

歩きながら、遠ざかっていった伝次郎の姿を脳裏に浮かべた。そして昨日、伝次郎にいわれた言葉を思いだした。

――音松、わかっているだろう。おれは船頭だ。

(たしかに、旦那は船頭でしょうけど、あっしは……)

音松は心中のつぶやきを途中で呑み込んだ。

四

「気をつけてくださいやし」

伝次郎は舟を下りる客を気遣い、手を貸してやった。

「どうもご親切に……」

中年の女の客は、小さな桟橋《さんばし》に上がると丁寧に小腰を折った。

南本所瓦町《みなみほんじょかわらちょう》の河岸場だった。ここは土地が低いために、川岸に潮除《よ》けの土手が造られており、少し高くなっている。女の客はその土手を上って姿を消した。

伝次郎は棹を使って猪牙舟をめぐらし、舳先を大川方面に向け、一度空をあおぎ見た。雲の流れが速くなっていた。天気の崩れそうな空ではないが、風が出てきた。

その風が甘い香りを運んできた。沈丁花《じんちょうげ》だ。

「やめるか……」

伝次郎はつぶやきを漏らして、棹を持ちなおした。

今朝、おことのことを千草にまかせ、仕事に出てきたが、どうもやるぞという意欲がわかない。

千草は心配いらないから、仕事に行ってこいと勧めたが、やはりおことのことが気になる。昨夜はなにも起きなかったが、おことを刺した人間には、殺意があったはずだ。

しかし、その下手人がおことが生きているということを知ったなら、どうするだろうか。

危惧《きぐ》するのはそのことだった。何しろ昨夜の今日である。

そのまま伝次郎は竪川を進み、松井《まつい》橋をくぐって六間堀に乗り入れた。町屋から舞いあがった鴉《からす》が風にあおられ、大きく旋回していた。

堀川沿いに並ぶ商家の暖簾が、大きくめくれ上がっている。河岸道を歩く女が、裾《すそ》がめくれるのをいやがって押さえていた。

岸辺の黒くぬめった石垣が日の光を照り返している。その石垣の隙間に、福寿草《ふくじゅそう》が顔をのぞかせていた。

猿子橋をくぐった先で猪牙舟を繋ぎ止めると、そのまま「さがみ屋」に足を向けた。途中にある千草の店をのぞいたが、戸は閉まったままだ。

案の定、千草はおことの長屋にいた。長屋は申兵衛が大家をやっているので、申兵衛長屋だが、住人たちは「鼠《ねずみ》長屋」と呼んでいた。なんでも数年前に鼠が大量発生したことがあったらしく、それ以来の通称である。

戸をたたき声をかけると、

「あら」

と、千草の声が返ってきて、すぐに戸が開けられた。

「どうしたんです?」

「どうにも気になってな。それで仕事を切りあげてきた」

「しかたありませんわね」

千草は首をすくめた。

「それで、どうなんだ」

「傷口はどうなっているかわかりませんが、落ち着いています。寒いから早く入ってくださいな」

伝次郎は敷居をまたいで戸を閉め、居間で横になっているおことを見た。

「ご迷惑をおかけします」

おことは、か細い声でいって、あやまるように顎を引いた。

「痛みはないかい？」

伝次郎は上がり口に腰かけて聞いた。

「ええ、大丈夫です。ひょんな拍子に痛むぐらいです」

「そりゃ傷が塞がっていないからだ。無理に動くと傷口が開いちまうから、なるべくじっとしていることだ。傷が塞がれば痛みも消えるだろう」

「はい」

昨夜とちがい、おことは受け答えをするようになっている。化粧は落ちているが、顔色は悪くなかった。

伝次郎は茶を淹《い》れている千草をそれとなく見た。視線が合うと、小さく首を横に振る。

今朝、出がけに千草に頼んでいたことがあった。おことを刺したものを知っているなら聞いておけということだ。

千草は聞いたのだろうが、おことはしゃべっていないようだ。

なぜ、そいつのことを隠すのか、そのことが伝次郎は解《げ》せなかった。

茶を飲みながらしばらく考えた。千草はおことに世間話めいたことを話している。

「おことさん、聞いていいかい？」

伝次郎が声をかけると、おことが頭を動かして見てきた。

「昨夜のことだ。あんたを刺した相手のことだ。知っているんだろう……」

おことは視線をそらした。

「なぜ、隠すんだ。そいつはあんたを殺そうとしたんだ。義理を立てることも情けをかけることもいらねえはずだ。相手はあんたが生きていると知ったら、また殺しに来るかもしれねえんだぜ」

おことは両目を天井に向けたまま、唇を引き結んだ。

「そうよ、おことさん。わかっているんでしょう。わかっていたら話すべきよ。自分の身が一番大切じゃない。刺した相手を庇《かば》ってもなんの得にもならないのよ」

「もしや、そいつに恨みでも持たれているのかい」

伝次郎は問いを重ねる。おことは首を横に振った。

「それじゃいったいどういうわけで、こんなひどいことに……」

「わかりません」

千草の問いに、おことは短く答えた。

「わからないって、なぜ」

おことはまた首を振って、わからないと繰り返した。そのとき戸口に声があった。

「大家の申兵衛だけど、いいかい」

「大家さんよ、入れていい？」

千草はおことに聞いてから、どうぞと返事をした。申兵衛はひとりではなかった。仲蔵《なかぞう》という名主《なぬし》を連れてきていた。

二人は伝次郎と千草に気づいて、遠慮がちに会釈をした。すでに伝次郎が町奉行所の元同心だったというのは知れている。昨夜もおことが血だらけで倒れていたのを見つけた申兵衛が、「ちぐさ」に駆けつけてきたのも、伝次郎を頼りにしているからだった。

「おことさん、こっちは名主の仲蔵さんだ。昨夜のことをどうするか相談したんだが、あんたはどうする」

申兵衛は三和土に立って、おことに訊ねた。

「こういうことはちゃんと調べをしたほうがいいと思うんだよ。だけど、ことはあんた次第なんだ。命拾いしたはいいが、刺され損じゃどうしようもないでしょう」

仲蔵が口を添える。おことは二度、三度とまばたきをした。

「訴えたほうがいいと思うんだよ。そうしなきゃ罪人を野放しにすることになるし、また同じことが起きないともかぎらないだろう」

中兵衛が説得するようにいう。

「訴えはしません」

おことははっきりいった。みんな互いの顔を見合わせた。中兵衛と仲蔵はあきれ顔になっていた。

「考えているんです。どうしたらいいかと。でも、訴えません」

おことは言葉を重ねた。そこには強い意志があった。

五

音松は根津門前町の表通りにある茶屋の床几で暇をつぶしていた。

探すのはお光という女だ。当然、岡場所ではたらいている女郎だから、妓名《ぎめい》があるだろうが、その名前はわかっていなかった。

だが、音松は焦らなかった。こんな調べはこれまで幾度となくやっているし、その要領も心得ている。

(慌てることたァねえよ)

自分にいい聞かせながら、のんびり茶を飲む。

(それにしても、おれも……)

そう思うのは、自分が町方の手先仕事をやるのが楽しいからだ。いまは小さな油屋の主ではあるが、それは形ばかりで、店はほとんど女房のお万まかせだ。

そして、当の本人は毎日暇をつぶすように近所の町をほっつき歩いている。とくにこれといった目当てがあるわけではないが、町の人間の話に耳を傾け、新しい店ができれば、それとなく調べたりもする。

(癖になっちまったんだな)

と、そんなことをやっている自分のことを、音松はわかっていた。

元はケチな掏摸《すり》だった。そのとき伝次郎に捕まり、目こぼしを受けて手先仕事をするようになった。当初はその気はなかったが、伝次郎と付き合っているうちに、

（おりゃあ、この旦那に死ぬまでついていこう）

と、決めた。

何より伝次郎の度量の広さ、包容力、人を思いやる機微に触れ、それまで自分が忘れていた人間のやさしさを教えられた。それに伝次郎の芯の強さに惚れてしまった。

（男ってェのはこうでなくちゃならねえ）

心の底からそう思うようになった。つまり、音松は伝次郎に一種の憧れを抱き、そして尊敬の念を持ったのだ。

伝次郎が町奉行所を追われるように辞したと知ったときは、我がことのように嘆いた。だが、その伝次郎とまた会うことができ、いまも付き合いはつづいている。

――旦那はおれの一生の宝みてえなもんなんだ。

ときどき女房のお万にいってやることがあるが、本心だった。

「お客さん、お茶のお代わりどうです」

店の女に声をかけられて、音松は我に返った。

「ああ、もらおうか」

音松は応じてから空を見た。

朝方より雲が広がり、風が出ていた。茶屋の軒先に吊された絵馬がカランカランと乾いた音を立て、葦簀《よしず》が飛ばされそうになっていた。

音松は少し早いと思ったが、腰をあげると、町の裏側にある隠れ女郎屋に足を運んだ。すでに何軒かあたっていたが、これといったことは聞けずじまいだった。それも、朝が早いせいだからだった。

朝っぱらから女を買いに行く酔狂《すいきょう》者は少ない。大方夜と相場は決まっている。それでも昼を過ぎると客が足を運びはじめる。

まだ昼まで時間はあったが、音松は聞き込みをすることにした。女郎屋は表向きは料理屋の体裁だが、江戸の者にはすぐにそれとわかる。

音松は一軒の店を訪ねると、帳場に座っていた遣り手婆《やりてばばあ》みたいな年寄りに、

「おっと、客じゃねえんだ」

と、まず断って、人を探しているんだが助けてくれないかと請うた。

「いったいなんなんだい」

客じゃないとわかったとたん、婆は目つきを変えた。

「お光って女を探してるんだ。その女には五つばかし上の姉がいてな。その姉が死にそうなんだ。死ぬ前に一度会いたいというから、頼まれてやってきたんだ。姉の名前はお冬という。これがそのお冬だ」

音松は相手の関心を買うためにそんなことをいって、似面絵を見せた。

「姉妹だから似ていると思うんだ。どうだい心あたりはないか」

「さあ、うちにはお光なんて子はいないね」

「お光っていう妓名は使ってないはずだ。似ている女はいないか。年の頃は二十五、六だと思うんだ」

婆は似面絵をしげしげと眺めていたが、やがて突き返すようにして、

「やっぱりうちにゃいないよ。どっかよその店じゃないか」

と、無表情にいった。

音松は引き下がるしかない。こういう調べには根気がいる。そのことは経験によって培《つちか》われているので、つぎの店に足を運んだ。

しかし、つぎの店でもお光のことはわからなかった。三軒、四軒と訪ねていくが、

お光のことはわからない。

音松は相手に疑われないように、もっともらしい情けを買う話をしている。女郎屋の帳場を預かっている婆は決まったように愛想は悪いが、人情に弱いのが江戸っ子の気質である。よほど薄情でないかぎり、婆もそれは同じはずだった。

しかし、ほとんどの店をまわっても、これだという話を聞くことはできなかった。お光という同じ名の女がいるにはいたが、それは年もちがえば顔つきもちがった。

だからといって音松はあきらめはしない。ひととおりの聞き込みで終わりにするのは素人《しろうと》である。音松はそのことをよくわきまえているので、つぎの手を使うことにした。

女郎は人に知られたくない裏の顔や、人にいえない事情を抱えている者がほとんどだ。それに人相は年とともに変わるし、化粧でもずいぶんと変わってくる。

本名がお光でも、女郎はその本名を隠して店に入ることがある。そんな女たちの裏事情を、少なからず知っている男たちがいる。

岡場所を食い物にしているえせ用心棒である。それは与太者《よたもの》と相場は決まっている。

音松は根津権現門前のそば屋で小腹を満たし、少し暇をつぶした。ときどき格子窓の外に目をやり、通りを眺める。

これだと思う男を見たのは、半刻《はんとき》（一時間）ほどたったときだった。相手は見るからに町の与太者だった。二人組で寒いのに痩せ我慢をして、胸元を広げ肩で風を切るようにして歩いていた。

そば屋を出た音松はすぐに二人の男を追った。

「ちょいとお待ちを」

声をかけると、二人組は同時に立ち止まって振り返った。

「なんでえ」

声を返してきたのは、飛蝗《ばった》のように両目が離れて鼻の高い男だった。音松の身なりを品定めするように見る。音松は袷《あわせ》の着物に袷の羽織姿だ。

「ちょいとお訊ねしたいんですが、暇をもらえませんか。なに手間はかけませんので」

「話があるんだったら、とっととといいやがれ」

飛蝗でないほうがぞんざいにいった。こっちは色の黒いひどい奥目だった。

「ある女を探しているんです。お光っていうんですがね、この辺の岡場所ではたらいていると聞いたんですが、ご存じありませんか？　いえ、店では他の名前を使っていると思うんですが……」

「その女を探してどうするッてんだ。身請けでもしようって魂胆《こんたん》かい……」

飛蝗が小馬鹿にしたような笑みを浮かべた。

そのとき大八車がやってきたので、音松は道の端に避《よ》けた。商家の軒先で、すぐそばに天水桶があった。飛蝗と奥目も音松のそばに来た。

「そのお光の姉さんが死にそうなんです。もしものことがあるといけないんで、ひと目会わせてやりたいと思って探しているんです」

音松は女郎屋に行ったときと同じ、体《てい》のいい嘘をついた。

「ほう、そりゃ可哀相に。だけど、こういうのはタダってわけにゃいかねえな」

金に窮している与太者の決まり文句だった。

「へえ、心得ておりやす。これでどうかお願いできませんか」

音松は袖に手を入れて、こんなことを見越して用意していた小粒（一分金）を二人にわたした。すぐに二人の顔つきが変わった。剣呑《けんのん》な目つきをやわらかくしたのだ。

「話のわかるやつじゃねえか。それでそのお光って女郎は、伏玉《ふせだま》かい、それとも呼び出しかい？」

伏玉とは妓楼に抱えられている女郎のことで、多くがこの形態を取り借金を抱えている。呼び出しは、妓楼に出入りもすれば、茶屋や船宿からの呼び出しにも応じて枕席に侍《はべ》る女をいった。

「それがわからないんでございます。その姉というのが、この女なんですがね」

音松はお冬の似面絵を見せた。

飛蝗と奥目は体を寄せあって、それを眺めた。

「その女はお冬といいましてね、妹のお光は二十五、六のはずなんですが……」

音松は期待顔で二人を見る。

「似てる女はいそうだが、お光ねえ……」

飛蝗が顎を撫でながら首をかしげる。

「二十五か六でお光か……」

奥目も心あたりのない顔だ。

「おい、何やってやがんだ」

突然、背後から声がかかった。音松がそっちを見ると、飛蝗と奥目は、

「こりゃ兄貴」

と、同時に声を揃えた。どうやら二人の兄貴分のようだ。いかつい体に派手な褞袍を羽織っていた。

「ちょうどよかった。兄貴、この女を知りませんか?」

飛蝗が兄貴に似面絵をわたす。

「その女の妹を探しているんです。お光というんですが……」

音松がいうと、兄貴が目を向けてきた。ゴツゴツした顔で目が鋭い。老け方から五十歳前後だろうか。

「なんでこいつを探してるんだ」

音松はさっきと同じことを口にした。それを聞いた兄貴は、似面絵に視線を落とし、両眉をときどき上下させて、ためつすがめつしていた。

「この女、『萩屋《はぎ》』にいた女中じゃねえか」

しばらくして兄貴が声を漏らした。音松ははっと目をみはった。

「ご存じですか」

「間違いなきゃそうだ」

「あの、『萩屋』というのはどこにあるんですか」

「池之端《いけのはた》の水茶屋だよ。だけど、この女がいたのはもうずいぶん昔のことだ。ちょいと評判の女でな。それで覚えてるんだ」

そこまで聞けば十分だった。

六

池之端仲町《なかちょう》に、「萩屋」はあった。

不忍池《しのばずのいけ》を背にしているが、店脇の床几に座れば、四季の移ろいを感じさせる池を望むことができた。葦簀張りの店ではあるが、しっかりした造りだ。

「お冬……」

店の奥で縫い物をしていた年増の茶屋の女は、髷《まげ》の油を針に馴染《なじ》ませながらつぶやき、遠くを見る目をして考えた。

「いつ頃いた子かしら。わたしゃ、ずっとこの店をやっているんだけど、出入りが多いからすぐには思いだせないのよ」

年増女は音松に視線を戻した。

「五、六年ばかり前になると思うんです。ちょいと評判の女だったと聞いたんですがね」

「でも、あんた、どうしてこの子を探しているのさ」

年増女は怪訝《けげん》そうな顔をする。

「正直なことをいっちまうと、おれは町方の手先だ。じつはこのお冬の男が人を殺しているんだ。おそらく浪人者で益川左馬之助というんだが、行方が知れねえ。お冬だったら知っていると思ってな」

音松は口調も態度も変えた。年増女は一瞬目をぱちくりさせ、

「このお冬が、人殺しの女になっているんですか」

と、怖気《おぞけ》だった顔をした。

「いまはどうかわからねえ。五、六年ほど前は益川の女だったらしいんだ。どうだ、思い出せねえか」

「……おたにさん、おたにさん、ちょいと」

年増女は近くの勝手のほうに声をかけた。すぐに白髪頭の老婆が、前垂れで手を拭きながらやってきた。おたには腰の曲がった小さな婆さんで、「何だい」といって、年増女から音松に顔を向けた。

「この人、この店の主でね、年に似合わずいろいろ覚えているんです」

年増女はそういってから、似面絵をおたにに見せながら音松のことをざっと説明した。

「お冬だね」

おたには似面絵をひと目見るなり、そういった。

「覚えているか」

音松はおたにのしわだらけの顔を見た。年は食っているが、目にはしっかりした光があった。

「一年かそこら雇っていた娘ですよ。もういい年になっていると思うけど、お光という妹の面倒見て苦労していたけど、虫がついてやめちまったんです」

「虫というのは？」

「あんまり感心できそうにない侍にちょっかいをかけられたんですよ。それでひょいといなくなったんです。気立てのいい娘だったんですけどね」

「ちょっかいを出した侍というのは、益川左馬之助というのではないか」

おたには名前も顔もあまりよく覚えていないといって、

「あの頃はお光という妹と、ひどい裏店《うらだな》に住んでいましたよ。お光もお冬がいなくなってから姿を見なくなったけど、どうしてるんだろうね。それにしてもあの侍が、人殺しをするなんて、恐ろしいことですね」

音松はお冬とお光が住んでいた長屋の場所を聞いた。

その長屋は茅町《かやちょう》の西外れ、福成寺《ふくじょうじ》との境にあった。おたにがひどい裏店といったように、ずいぶん寂《さび》れた古い長屋だった。家の戸は揃ったように建て付けが悪くなっているし、腰高障子も継《つ》ぎ接《は》ぎだらけだった。

まだ寒い時季なのに厠《かわや》の臭いがひどい。どぶもしばらく浚《さら》っていないようだ。

数軒の家を訪ねて、お冬とお光のことを聞いていくと、緡《さし》売りをしている初老の男がお光を知っているといった。男は緡だけでなく、草鞋《わらじ》や箒《ほうき》も売っているらしく、家の中はそんな材料であふれていた。

「お冬って姉がいるのは聞いてました。あっしはお光ちゃんしか知りませんが、三年前までこの長屋にいたんです。それで去年の暮れでしたか、浅草《あさくさ》でばったり会ったんです。お光ちゃんだろうと声をかけると、なんだかいやそうな顔をしましてね。おまえなんか知らないって面しやがんです。それでもどこで何をしてるんだと聞きますと、『ちょうじ屋』って大きな店にいるんだと得意そうな顔をしましたよ。この長屋にいるときとは大ちがいです」

「その、『ちょうじ屋』ってのはどこにあるんだ」

「富沢町《とみざわちょう》だといいました。じつはあっしの名前が長次《ちょうじ》なんです。だから覚えてんですよ」

音松はすぐに富沢町に足を向けた。

空にはいつの間にか鈍色《にびいろ》の雲が広がっていた。風も気まぐれに強く吹いたりやんだりを繰り返している。

音松はそんな空の下を歩きながら、お光を探すまでもなくお冬のことがわかったと思ったが、それは「萩屋」までで、今度はお光のことがわかった。

いずれにしろ、お光に会えば自ずとお冬のことはわかるはずだった。

富沢町に着くと、早速「ちょうじ屋」を探して歩いた。この町は古着屋が多い。柳原《やなぎわら》通りも古着屋の多いところで有名だが、富沢町の古着は質がよく、値も張った。それに諸国から古着を仕入れ、越後《えちご》や陸奥《むつ》、そして蝦夷《えぞ》地まで運ばれてもいた。

縮売りの長次のいった「ちょうじ屋」を見つけたのはすぐだった。看板に「丁子屋」とある。店の手代に聞くと、富沢町に「丁子屋」はここ一軒だけだという。

「それじゃお光という奉公人はいないかい」

そう聞くと、手代は急に顔を曇らせた。

「いるんだね」

「……いまはいません」

手代は一度帳場のほうに顔を向けてから答えた。

「どうしても会わなきゃならないんだ」

音松はそういってから、なぜお光を探しているか、そのわけを正直に話した。

「これは町方の調べと同じだ。嘘はなしだぜ」

手代がいいにくそうな顔をしたので、音松は軽い脅しをかけた。

「それじゃ、ちょっとこちらへ」

手代はそういって、音松を店の表に連れだした。

「あのお光さんは、旦那さんが連れてきた女中だったんですが、その、わけありでして……」

手代はいいにくそうに視線を動かす。

「わけありってのはどういうことだい」

「その、旦那さんがこっそり囲っていたんです。ですが、ここしばらく姿が見えませんので、どこで何をしているかわからないんです」

「それじゃ、この店の旦那は知っているんだな」

音松は立派な店の看板を見た。

「いえ、じつは旦那さんも探していらっしゃいまして、ほんとにわからないんです」

「お光はどこに住んでいたんだ」

「住み込みです」

「それじゃ突然いなくなったというのか」

「さようで……でも、お光さんにはお冬という姉さんがいます」

音松は眉宇をひそめた。またお冬の名が出たからだ。

「それじゃお冬のことはわかっているんだね」

「亥《い》ノ堀に住んでいると聞いてます。ですが、このこと、わたしがいったといわないでいただけませんか」

音松は実直そうな手代の顔をじっと見てから、わかったと答え、

「それで亥ノ堀は、深川木場《ふかがわきば》のことだな」

と、たしかめた。

「さようです。島崎町《しまざきちょう》と聞いています」

七

中村直吉郎が連絡場《つなぎ》にしている佐賀町の自身番に戻ったのは、大きく西に傾いた日が、雲を緋《ひ》色に染めた頃だった。

「なに、お冬の居場所がわかっただと」

直吉郎は書役の安兵衛を見て、眉宇をひそめた。

「音松さんがさっき戻ってみえましてね、中村の旦那にそう伝えてくれといわれたんです」

「それで音松はどうした」

「お冬は島崎町に住んでいるので、これから探しに行くといって出ていきました」

「島崎町のどこか聞いているか」

「それがわからないので調べに行くといっていました」

直吉郎は居間の縁に腰をおろし、春吉という番人が淹れてくれた茶に口をつけた。

(お冬が島崎町に……)

そこまで考えて、口の前まで運んだ湯呑みを畳に置いた。

「まずいな」

小さくつぶやくと、いっしょに探索をしている小者の平次が瓢簞《ひょうたん》顔を向けてきた。

「お冬は益川左馬之助といっしょに住んでいるかもしれん。もし、そんなところへ音松が訪ねていったら……」

途中で言葉を切った直吉郎はすっくと立ちあがった。益川は手練《てだ》れだ。そして、人殺しである。

「旦那、島崎町へ」

平次が顔をこわばらせていった。直吉郎の心中を読んだのだ。

「音松が危ない」

直吉郎は抜いたばかりの大刀をつかむなり、自身番を出た。瓢箪顔でのっぽの平次が追いかけてくる。


伝次郎が久しぶりに佐賀町の油屋「音松」を訪ねようと思ったのは、気まぐれではなかった。

おことは頑《かたく》なに自分を刺した相手のことを話したがらない。それにはきっと深いわけがあるのだろうと、千草と話し合ってしばらく様子を見ることにした。

刺された本人が相手のことを訴えないといえばそれまでで、心配をしていた大家の中兵衛も名主の仲蔵もあとは知らぬとばかりに引き下がっていた。

ひとまず、おことの一件はしばらく様子を見ることにしたのだが、伝次郎は中村直吉郎の助ばたらきをしている音松のことが気になっていた。直吉郎が追っているのは、ただの人殺しではない。神田の佐伯道場で師範代を務めたほどの手練《てだ》れである。佐伯道場といえば、主の光堂は念流の達人と呼ばれる人で、お玉ケ池《たまがいけ》に道場を持つ北辰一刀流《ほくしんいっとう》の千葉《ちば》周作《しゅうさく》も一目置いているほどだった。

そのことを考えただけで、益川左馬之助という男がいかほどの腕であるか察するまでもない。しかも、二人を斬っている人殺しである。

伝次郎は日が暮れかかってから家を出たのだが、あとのことを考えて提灯《ちょうちん》を持っていた。もちろんまだ火は入れていない。日の名残はまだ西の空にあり、町はうす靄《もや》に包まれているだけだった。

仙台堀《せんだい》に架かる上之橋《かみのはし》をわたってすぐのことだった。河岸道を急ぎ足で歩き去った二人の男がいた。

伝次郎はその後ろ姿を見てすぐに、中村直吉郎と小者の平次だとわかった。

「中村さん」

少し声を張って呼びかけた。

仙台堀沿いの河岸道を急ぐように歩いていた二人は、ちらりと伝次郎を振り返って、足を止めた。

「伝次郎」

直吉郎が応じた。

「ずいぶんお急ぎのようですが、何かあったのですか」

伝次郎は近づきながら聞いた。

「音松が危ないかもしれねえんだ」

「どういうことです」

伝次郎は眉間にしわを彫った。

「とにかく先を急ぎてェんだ。詳しいことは歩きながら話す」

そのまま背を向けた直吉郎を追って、伝次郎は肩を並べた。

「おれが益川左馬之助という人殺しを追っていることは、音松から聞いているだろう。益川は危ない男だ。今日もその益川を探したが、行方は知れねえし、追う手掛かりもつかめねえ。音松にはその益川の女を探すように指図していたんだ。女の名はお冬という。そのお冬のことを音松が探しあてたようなのだ」

「…………」

「お冬は益川の情婦《いろ》かもしれねえ。そうでなきゃ音松の調べは無駄になるが、もし益川とお冬がくっついてりゃ、じっとしておれることじゃねえ」

「お冬はどこにいるんです」

「島崎町だ。島崎町のどこかはわからねえ」

伝次郎はようやく話を呑み込んだ。

「向こうに着いたら手分けして音松を探そう。やつを益川に近づけちゃならねえ」

直吉郎は言葉を足して足を速めた。

八

音松はお冬の住まい探しをしていたが、いっこうに見つからない。

島崎町に来たときはまだあかるかったが、もうすっかり日が暮れている。長屋の路地から炊煙が流れていて、仕事帰りの亭主連中が、その長屋に吸い込まれるように消えてゆく。

ここは木場《きば》のうちで、木場職人が多く住んでいる。股引に半纏に雪駄履きというなりで、粋にねじり鉢巻きをしているので、ひと目でそれとわかるが、他の職人もいるし商家の奉公人も少なくない。

とはいってもそう家数は多くないから、お冬の住まいはすぐに見つけられるだろうと思っていたのだが、意に反して見つからない。

「三十路を過ぎているので、もうちょっと老けていると思うが、こんな感じの女だ。見たことはないかい」

音松は似面絵を見せながら聞き込みをしている。

居酒屋の軒行灯《のきあんどん》のあかりを頼りに似面絵を眺める職人は、首をかしげるだけだった。

音松はつぎの長屋に足を向ける。たまたま出てきたおかみに声をかけて、同じことを訊ねたが、やはり結果は同じだった。

音松は大横川《おおよこがわ》沿いの河岸道に立って、ぼんやりと通りを眺めた。この町は江戸の郊外、それも深川の外れなので、家数も長屋も少ない。夜商いの居酒屋や料理屋も片手で指を折れば足りるほどだ。

丁子屋の手代が嘘をついたとは思えない。すると、あの手代はまちがったことを聞いていたのかもしれない。

そんなことを考えたとき、腹の虫がグウと鳴いた。朝からろくに食べていないせいである。音松は聞き込みついでに飯を食おうと思い、福永《ふくなが》橋のそばにある一膳飯屋を見た。


益川左馬之助がその男に気づいたのは、小半刻《こはんとき》（三十分）ほど前だった。

男は町人の風体だが、お冬のことを嗅ぎまわっている。偶然そばを通りかかって耳にしたのだが、気にかかって男のことをずっと見張りつづけていた。

男は執拗《しつよう》だった。長屋を一軒一軒訪ね歩き、小間物《こまもの》屋にも履物屋にも、そして青《あお》物《もの》屋にも行ってお冬のことを聞いてまわっていた。

男はどうやらお冬の似面絵か人相書を持っているようである。

（なぜ、お冬の人相書など……）

疑問に思ったが、それは自分を探しているからだと気づいた。

放ってはおけない。こんなところまで手がまわってきたと、驚きもしたが、それだけ相手が必死なのだろうと考えなおした。

左馬之助は河岸道に戻ってきた男を凝視した。男はしばらく思案しているふうだったが、そのまま亥ノ堀に架かる福永橋のほうに歩いて行った。

左馬之助は路地から出ると、足を速めた。腰の刀に手をやり、柄をしごくように持ち、男の背中に声をかけた。

男がはっとした顔で振り返る。すぐそばにある一膳飯屋のあかりが、男の顔を染めた。

小太りの体にまるい顔と、短い眉の下にある目は、人あたりのよさを感じさせるが、その両目はすぐに用心深くなった。

「人を探しているようだな」

男が口を開く前に、左馬之助は声をかけた。

「へえ、女を探しているんです。この辺に住んでいると聞いたんですが、なかなか見つからなくて往生しているんです。お侍様はこの近所の人で……」

「……さようだ」

左馬之助は少し間を置いて答えた。

「それじゃこれに似た女を見たことありませんか。ひょっとすると一軒家に住んでいるのかもしれません。長屋はあらかたあたったのですが、いっこうに見つからないんで困っているんです」

男は懐から一枚の紙を出して手わたしてきた。

（お冬……）

左馬之助にはすぐにわかった。

「なぜ、この女を探している？」

「ちょいとわけありなんです。詳しいことはいえないんですが……」

そういう男の目が疑わしげに光った。町人の目ではないと、左馬之助は直感した。

「おれの知っている女に似てるな」

「ほんとうですか」

男は眉を動かして、目を大きくした。

「教えてやろう。ついてくるがよい」

「そりゃどうもご親切に」

左馬之助は河岸道を北へ向かった。来た道を戻る恰好だ。

おさまっていた風がまた出てきて、河岸道の土埃を巻きあげた。着物の裾も小さくめくれた。

男はおとなしく後ろからついてくる。

「昔といっても五、六年ほど前なんですが、池之端の水茶屋にいた女なんです。お冬という名なんですがね、浪人と住んでいるかもしれません」

後ろについている男が話しかけてくるが、警戒する声音になっていた。

「……ならば、なおさらその女かもしれぬ」

左馬之助は答えながら、路地を左へ曲がった。隣町と境になっている道で、その先には広大な木置場がある。

「近くですか？」

男が再び声をかけてきたとき、左馬之助は刀の柄に手をやるなり、身をひるがえすように振り返った。

第三章　刺客

一

音松は期待感と恐怖心をない交ぜにしながら侍のあとについていったのだが、路地に入ってから心細くなった。正面に黒々とした木置場が見え、その一部が雲の隙間から漏れ射す月光を受けていた。

それは、そっちに目を向けながら、「近くですか?」と聞いた瞬間だった。

目の前の侍がいきなり身をひるがえしたのだ。同時に抜き払われた刀が鈍い光を放ちながら、袈裟懸けに振られてきた。

「ひッ」

音松は敏捷《びんしょう》に斜め後ろに飛びしさった。侍を警戒して距離を取っていたから助かったのだ。斬りさげられた刀は、紙一重のところをかすめただけだった。

だが、音松はすでに体勢を崩し、腰砕けになっていた。

侍はすぐに突きを送り込んできた。音松は必死に横に転がって逃げた。そばにある家の塀に肩をぶつけ、片足は塀そばを流れる狭い水路にはまっていた。

逃げなければならなかったが、侍の動きは素早かった。音松は這《は》って逃げようとしたが、肩口に強い衝撃を受けた。腕に力が入らなくなり、そのまま突っ伏して顔を地面につけた。

(殺される)

頭に浮かんだのはそのことだった。

侍が近づいてきた。音松は死を意識した。絶体絶命。もう助からない、という思いで強く目をつむった。衝撃を受けた肩のあたりが熱い。

朦朧《もうろう》とする意識の中で、死ぬんだ、殺されるのだと思った。いやだいやだ、死にたくないと悲鳴をあげたかった。だが、その力は湧いてこなかった。

伝次郎と直吉郎、そして小者の平次は島崎町にやってきたばかりだった。

「まだお冬を探しているなら、この辺にいるはずだ。手分けして探そう」

直吉郎が伝次郎を見ていった。

三人はその場で、三方に分かれて音松探しを開始した。

伝次郎はすぐそばの居酒屋に入った。客が一斉に振り返る。

「女を探している男が来なかったか」

伝次郎は客の視線など無視して、板場の横に立っていた女に声をかけた。

「は」

「小太りでまるい顔をした男だ。お冬という女を探していたんだが……」

店の女は小首をかしげて、土間席にいる客を見た。客も知らないという顔をして、伝次郎を見返した。

「それじゃお冬という女を知らないか」

「さあ、どこのお冬さんかしら……この店には出入りしていませんが……」

店の女は伝次郎に近づきながら答え、風が入ってくるから戸を閉めてくれといった。ここでは埒《らち》があかないと思った伝次郎はそのまま、戸を閉めて表に出た。

止《や》んでいた風が出てきて、飲み屋の暖簾をまくりあげていた。

（どこだ？）

伝次郎は闇の中に目を光らせた。通りには人影がない。河岸道の先に、小さなあかりがある。居酒屋のあかりだ。

背後を振り返った。直吉郎と平次の姿もなかった。

伝次郎はすぐ先にある長屋の路地口に立って、目を凝らした。井戸端から帰ってくる長屋の女房の姿が見えただけで、音松の姿はない。

伝次郎はつぎの路地に入った。音松を探さなければならないが、もしお冬の住まいを見つけていれば、その家に入り込んで話し込んでいるかもしれない。

（いや、それはない）

伝次郎はすぐに否定した。音松はそんな素人みたいな真似はしない。もしお冬の住まいを見つけていれば、どこかで見張っているはずだ。

伝次郎は路地を進んだが、すぐに引き返して表道に戻った。少し先に縄暖簾がある。人の声と笑い声が漏れ聞こえてきた。

そのとき、先の路地から駆け出てきた影があった。はっとなってそっちを見る。

「沢村の旦那」

平次だった。

「どうした。わかったか」

「音松を見つけました」

「なに」

「斬られています」

「なんだと」

伝次郎は平次のところへ駆けた。

「どこだ」

「この先です」

返事を聞く前に伝次郎は走っていた。

「音松、音松」

呼びかけながらいやな胸騒ぎを覚えずにはおれなかった。

しばらく行ったところに、黒い影が横たわっていた。伝次郎ははっとなって駆け寄った。

「音松、しっかり……」

抱き起こそうとした瞬間、伝次郎の手にべっとりした感触があった。

「音松、音松、しっかりするんだ。どこだ、どこを斬られた」

伝次郎は音松の頭を自分の膝にのせて、慎重に体をさわった。斬られたのは肩口だ。

「平次、提灯を」

伝次郎が指図すると、平次はすぐ手持ちの提灯をつけた。音松の顔がそのあかりの中に浮かびあがった。音松の顔からは血の気が引いていた。唇にも色がない。

「しっかりしろ、音松。平次、中村さんを呼んできてくれ。急げ」

「は、はい」

平次は表道に駆けだしていった。

「音松、いま助ける。返事をしろ」

伝次郎は音松の頭を自分の膝にのせたまま、体に腕をまわした。まだ温《ぬく》もりはある。かすかだが呼吸もしている。しかし、すごい出血である。

伝次郎は音松を移したいと思うが、いまは無闇に動かすべきではなかった。提灯で肩口のあたりを見るが、暗すぎてよく見えない。それでも血がわき出ているのは見えた。

「音松、いま助けてやる。死ぬんじゃねえぜ」

呼びかけながら表道を見る。直吉郎と平次はまだ来ない。

「……あ、あっ……」

音松が声を漏らした。伝次郎ははっとなって見た。

「音松、おれだ、伝次郎だ。わかるか……」

「あ、だ、旦那です、か……」

「そうだ。誰に斬られた」

「さ、侍……」

「どんなやつだ、名前は」

音松は喉が渇いているのか、口を粘つかせるように動かした。そばに水はない。

「音松、水だな、水を飲みたいんだな。少し我慢しろ、すぐ飲ましてやるから」

「だ、旦那……」

音松がうっすらと目を開けた。

「なんだ」

「死に、たくねえ……」

「あたりめえだ。死なせるもんか。きっと助けてやる。だからしっかりしろ」

へへッと、音松が小さく笑んだ。

「あ、あっしは……旦那に……」

「なんだ音松、なんだ。何をいいたい？」

「あっしは旦那に、会え……よかっ……」

音松はそのまま口を半開きにした。目を開けたままだ。その目は焦点をなくしていた。

「おい、音松、音松……」

伝次郎は音松の傷のことを忘れてひしと抱き寄せた。

「しっかりするんだ、しっかりしろ、死ぬんじゃねえ、死んじゃならねえ……」

もう一度顔を見た。もう息をしていなかった。

「音松……おまえ……」

伝次郎が愕然《がくぜん》となったとき、近くに立つ影があった。直吉郎と平次だった。伝次郎は音松を抱きしめたまま、ゆっくり二人を見た。

二

二日後、音松の野辺《のべ》送りが終わった。

伝次郎と千草は朝から、その小さな儀式に付き合い、佐賀町に帰ってきたところだった。

「音松」の表戸には、「忌中」の貼り紙があった。

その戸の前で女房のお万が振り返った。気丈に涙ひとつ見せなかったのに、そのときになって目を真っ赤にした。

「沢村の旦那、もう何もいわないでくださいまし。旦那が悪いんじゃありませんから、自分を責めないでください。旦那の気持ちはもう痛いほどわかっていますから」

お万は洟《はな》をすすりながら伝次郎を見た。

「すまぬ」

伝次郎は頭を下げる。音松が死んで以来、下げっぱなしである。

「旦那、もういいですから。それよりわたしゃ、この店を……」

お万は位牌を持ったまま自分の店を振り返る。似たもの夫婦とはよくいうが、音松に似て小太りだった。

お万の視線は小さな看板に向けられていた。「あぶら屋　音松」という字が、あかるい春の日射しの中に浮きあがっている。

「あの人のためにも、この店をしっかり守っていきます。そう決めたんです」

お万が振り返っていった。

伝次郎と千草はそんなお万を黙って眺めた。

「……ほんとに店にいない人でした。糸の切れた凧《たこ》みたいに、いつもあっちをふらふら、こっちをふらふら歩いていましたからね。いまもその辺を歩いてるんじゃないかと思います」

「お万さん、何ができるかわかりませんけど、困ったことがあったらなんでもいってきてください。できるかぎりのことはしますから」

千草がいえば、お万は口許に小さな笑みを浮かべて、ゆっくりかぶりを振った。

「千草さん、もうその気持ちだけで十分です。今日はお付き合いくださりありがとうございました」

お万は深々と頭を下げると、そのまま腰高障子を開けて店の中に消えた。

伝次郎はよく晴れわたった空をあおぎ見て、細く長いため息をついた。

「帰りましょうか」

千草にいざなわれて、伝次郎は家路についた。

大川がきらめいている。屋形船が川中に停泊しており、その脇を荷舟や猪牙舟が上り下りしていた。

伝次郎と千草は川沿いの道を無言で歩いた。伝次郎の脳裏には、音松の笑顔がちらついていた。まるい顔に短い眉、小さな目。愛嬌《あいきょう》のある顔だった。

頭に浮かぶのは、嬉しそうに笑う音松の顔だった。憎めない男だった。よく自分についてきた男だった。間の抜けたところはあったが、いいやつだった。

(ほんとうに、いいやつだった)

心中でつぶやいたとき、千草が声をかけてきた。

「それでどうするのです」

伝次郎は千草を見ると、立ち止まった。小名木川に架かる万年橋《まんねんばし》の上だった。そのまま欄干《らんかん》に手をつき、小名木川のずっと向こうを見た。

「どうするんです」

千草が近寄ってきて訊ねる。欄干についている手に、千草の手が重なった。

「わかっています。わたしは何もいいません。行ってらっしゃいまし」

伝次郎は静かに千草を見つめた。千草は口許に笑みを浮かべた。

「すまぬ」

短く答えた伝次郎は、そのまま千草を置き去りにして歩いた。

やることは決まっている。音松の敵を討たなければならない。

自宅長屋に帰ると、手際よく着替えをして大小を手にした。くっと口を引き結び、目に力を入れると、雪駄を履いて家を出た。

そのまま来た道をまた佐賀町に引き返した。途中で千草に出会うと思ったが、姿はなかった。おそらく買い物でもしているのだろう。

「中村さんの居所はわかるか？」

佐賀町の自身番に入るなり、詰めている番人の春吉に聞いた。他に人はいなかった。

「朝方見えましたが、いまどこにいらっしゃるかわかりません。でも、島崎町だと思います。平次さんとそんな話をしてらっしゃったんで……」

「まだ、お冬は見つかっていないってことだな」

「そのようです」

「親方たちはどうした？」

伝次郎は自身番の奥を見て聞いた。「親方」とは書役の通称である。

「町廻りに出かけてます」

町役人としての仕事をしているということだ。

伝次郎はそのまま自身番を出ると、島崎町に足を向けた。

音松が殺されてすぐ、下手人探しをしたかったが、そこまで手がまわらなかったし、また相手のこともわかっていなかった。

音松は下崎勘兵衛という浪人を殺した下手人・益川左馬之助を探すために、その情婦と思われるお冬を探していた。

殺されたのはその途上である。お冬に斬られたとは到底思えないから、益川左馬之助の仕業と考えてよかった。

それに、音松は一太刀で斬られていた。相手がとどめを刺さなかったのは、その必要がないと思ったからだろう。つまり、手応えを知っていたからだ。

音松は、自分を斬った相手のことを話さずに「さ、侍」としかいわずに息を引き取った。伝次郎はその前に聞いておけばよかったと、いまになって思うが、あのときはそんなことを聞ける状況ではなかった。

だが、下手人をこのまま野放しにはしておけない。

そう思ったとき、一方で怒鳴り声がした。伝次郎がそっちを見ると、浪人風体の侍が二人、いがみ合っている。

「きさまはいつもそうだ。自分のことを何様だと思ってるんだ」

総髪の浪人だった。対する相手は長身痩軀だ。

伝次郎は眉宇をひそめた。先日、「さがみ屋」の近くで斬りあっていた二人だった。

「おれは、そうしたらいいと思ったことを口にしただけだ。何だい、すぐに言葉尻をとらえて目くじら立てやがって」

前田という長身痩軀の男だった。

「きさまがえらそうに指図するからだ。何でもかんでも知ったふうな口を利きやがって、気に入らねえ。きさまとの付き合いは、これで終わりだ。勝手にしやがれッ」

総髪の男はそう吐き捨てると、前田という浪人に背を向けて歩き去った。

そこは海辺《うみべ》橋の手前だった。伝次郎は顔を合わせると面倒だと思い、急いで橋をわたった。

三

直吉郎が疑わしき一軒家を見つけたのは、日の暮れかかった時分だった。

「あの家がそうだ」

伝次郎は直吉郎に案内されて、その家のそばで立ち止まった。

そこは島崎町と三好町《みよしちょう》の境にある三十坪ほどの小さな屋敷だった。隣も同じような屋敷で、表にはわりと大きな旗本の屋敷があった。

「長屋ばかり探していたが、一軒家だった。お冬に似た女の出入りがあったという。それも見かけられている女は二人だ」

伝次郎は、そう説明する直吉郎を見た。

「二人というと、もうひとりはお冬の妹・お光……」

「かもしれねえ」

「それで、いまは？」

「おかしなことだ」

直吉郎は雪駄の爪先で地面を掃いて言葉をついだ。

「四、五日前まで家人がいたことはわかっている。出入りしている姿を見たものがいるんだ。住んでいたのは御家人《ごけにん》だった」

「御家人？」

「そうだ、岡田康次郎《おかだやすじろう》という名だ。益川左馬之助ではない。だが、出入りしていた女のことが気になる」

「家人がいたとおっしゃいましたが……」

「いまは誰も住んでおらぬ。家の中はもぬけの殻だ。借家でな、小川小左衛門《おがわしようざえもん》という材木商の持ち物なんだが、その小左衛門も岡田の行方はわからねえという。それに家賃はもらってあるので、文句はいえないといっている」

「出入りしていた女のことは、どこまでわかっているんですか」

伝次郎の問いに、直吉郎は無精ひげの生えた顎をぞろりとなでて答えた。

「それがよくわからねえんだ」

「でも、お冬かもしれません。それにもうひとりは妹のお光。二人の背恰好はよく似ていたといいますから」

いったのは小者の平次だった。伝次郎はのっぽの平次を見た。

「顔を見たものがいるのではないか」

「それが、誰も顔をはっきり見ていないんです」

「どういうことだ」

「女は出入りする際、決まったように頭巾を被っていたんです。近所のものは顔を隠すようにしていたといいます。挨拶をしても、顔を伏せるようにして言葉を返してきたと……。岡田康次郎なる御家人があの家を借りたのは、昨年の秋です。ですから住んでいたのは半年ぐらいということになります」

伝次郎は、岡田康次郎と名乗っていた御家人が借りていた家に目を移した。屋根が傾いた日の光を照り返していた。

「家の中は見られるんですね」

伝次郎は直吉郎を見て聞いた。

「見てもいいが、何もないぜ。ま、いいだろう。気のすむまで見てみな」

直吉郎は応じて、岡田という御家人が借りていた家まで行って、無造作に玄関の戸を開けた。家主の許しは得てあるという。

小さな家だった。台所のそばに茶の間があり、六畳の座敷がふたつ、四畳半の部屋がひとつ、それに納戸《なんど》と厠がついているだけだ。狭いが庭もあった。

座敷には簞笥《たんす》が二つと長火鉢があり、茶の間には茶簞笥も備えられ、食器も入っていた。それは貸し主の小左衛門のもので、借り主が自由に使っていいことになっているという。

夜具もあったが、それだけは岡田康次郎のものだったようだ。それも二組のみだ。

借り主の岡田は消えているが、まだその家の中には生活臭が残っていた。そこそこの調度が揃っているので、そう感じるのかもしれないが。

伝次郎は家の中をあらためたが、箪笥の中は空っぽだったし、押し入れにも遺留品などはなかった。岡田という御家人は、もともと持ち物が少なかったのかもしれない。

「もし、この家に出入りしていた女がお冬とお光だったなら、その岡田という御家人の正体は、益川左馬之助だったのでは……」

伝次郎がいうと、直吉郎はくすっと小さな笑いを漏らした。

「おめえさんも同じことを考えるか。おれもそう思ったんだ。だが、ほんとうのところはどうかわからねえ。益川左馬之助は下崎幸右衛門を殺してはいるが、その子の勘兵衛に追われていると知っていたかどうか、その辺のことがなんともなあ」

直吉郎はそういって、どっかりと座敷にあぐらを掻いた。

「敵討ちをされることを知っていたなら、追われる身だから偽名を使ったと考えることはできる。だが、そうでなかったら岡田康次郎は、本物の御家人ということになる」

そうであれば厄介だ。相手が無役の御家人でも、町奉行所は手を出すことはできない。無役でも幕臣に他ならないからだ。だが、浪人なら話がちがってくる。

「岡田康次郎という御家人がいるのかどうか、調べることはできますか」

伝次郎は縁側の雨戸を引き開けてから、直吉郎を振り返った。

「昨日の今日じゃ無理だろうが、調べるのは容易《たやす》いことだ。これから御番所に戻ってやってみるさ」

ほのかな日の光が直吉郎の顔にあたっていた。

「それで、音松の野辺送りは無事にすんだのか」

「今日、女房のお万にずっと付き添っていました。お万は気を落としてはいますが、店をつづけるといっています。それが音松への供養だとも」

それを聞いた直吉郎はうつむいて、短く黙り込んだあとで伝次郎に顔を向けた。

「伝次郎、すまねえ。やつが殺されたのはおれのせいだ。おれがやつに助を頼んだせいだ。やつに頼む前におまえに一言断りを入れるべきだった」

「中村さん、そんなことといわないでください。やつは御番所の仕事が好きだったんです。そう仕向けたのはおれです。中村さんが責任を感じることじゃありません」

「すまねえ」

直吉郎は頭を下げた。

「それより調べを進めましょう」

伝次郎がいうと、直吉郎は「そうだな」といって立ちあがり、

「助をしてくれるんだな」

と、伝次郎を見た。

「やらずにはおれません」

「……聞き調べに不自由するようだったら、かまわねえからおれの名前を使え」

伝次郎はくっと奥歯に力を入れてうなずいた。

四

「それじゃ泣き寝入りってわけかい……」

英二は話を聞いたあとで、千草を見た。

「おことさんが訴えないというから、しかたないじゃない」

「だって、下手したらそのまま死んだかもしれねえんだろう。殺されるところだったんじゃねえか」

「それはそうだけどさ。わたしにもあの人の気持ちがわからないのよ」

千草は英二と多加次に酌をしてやる。客はその二人だけだった。店を開けて間もない時刻だった。

「相手は男だったんだろうか、それとも女だったんだろうか……」

多加次がぼんやり顔で疑問をつぶやく。

千草は銚子を持ったまま、その多加次をはっとなって見た。

「そうね。女だったかもしれないわね」

千草はおことを殺そうとした下手人は、男だと思い込んでいた。しかし、多加次にいわれて、女の可能性があることに気づいた。

「それにしても気になるじゃねえか。おれと英二があの店で飲んだあとで、あの女将が殺されそうになったんだからな」

多加次はいつにない真面目くさった顔で、酒をなめるように飲む。

「刺したやつァ、殺す気だったんだろうから、逆に考えりゃ、あの女将は殺されるほどの恨みを持たれていたってことになるだろ」

英二も素面《しらふ》の顔で酒を飲んで、言葉をつぐ。

「その恨みはよっぽどのことだぜ。おれも殺したいとか、死んじまえばいいと思うやつが何人かいるが、いざとなったら殺しなんてできるもんじゃねえからな」

「おいおい、おっかねえことといいやがる」

多加次は身を引くようにして英二の顔を見る。

「おめえにだってひとりや二人そんなやつがいるだろう」

「ま、いねえことはねえが、殺したくてもできることじゃねえし、まあ、殺そうと思うのは頭に血が上った、そのときだけのことだ。おりゃあ、そんなに長く根に持つ男じゃねえからな」

「それが普通の人間だわな」

「でも、どうしておことさんは刺した相手のことを隠すのかしら……」

千草の頭にずっと引っかかっていることだった。

今日もおことの様子を見に行ったついでに、相手のことをそれとなく聞いたのだが、なにも答えてくれなかった。

「どうしてだかね。だけどよ、庇うってことは、いざ何もかもわかったときに、あの女将にとって都合の悪いことがあるからじゃねえかな。なんかこう陰のある顔をしていじゃねえか」

多加次は蕗《ふき》の油炒めを指でつまんで口に入れる。

「そうだな。あっけらかんとしてる千草さんとは大ちがいだもんな。なんか陰気くさいからな。ひょっとすると人にいえねえことをしてきたのかもしれねえな」

英二と多加次はそんな話をするが、問題は解き明かせない。あくまでも推量の枠内である。

しかし、千草はおことの過去が気になった。

(これまで、どこで何をしてきた人なのかしら……)

そのことは何も知らなかったし、聞いてもいない。


伝次郎は疲れを癒やすために、寝酒をしていた。

音松殺しの下手人のことはわからずじまいである。しかし、音松は益川左馬之助にかなり接近したはずだと伝次郎は考えていた。

それに、益川の情婦だったお冬という女が、島崎町にいたという話もある。そのことを伝次郎は蔑《ないがし》ろにできないでいる。それは音松の探索能力を知っているからだった。

あやしいのは、岡田康次郎という御家人である。その御家人は音松が殺された翌《あく》る日あたりに、姿をくらましている。

そのことを考えると、岡田康次郎なる御家人が、益川左馬之助ということになるのだが、その証拠は何もない。

いずれにしろ、そっちの調べは中村直吉郎がやることになっている。伝次郎は益川左馬之助の過去を、徹底的に洗うことにした。

それに益川左馬之助が、なぜ下崎勘兵衛の父・幸右衛門を殺したのか、その理由もわかっていなかった。

伝次郎がその疑問を口にしたとき、直吉郎は目が覚めたような顔になり、

――それはまだ調べていなかった。

と、舌打ちした。

犯罪者を追うときの基本中の基本であるそれを、直吉郎は失念していたのだ。

伝次郎は幸右衛門殺しの経緯《いきさつ》がわかれば、何か浮きあがってくると感じていた。

そして、そのいきつく先に音松殺しの真相があると信じていた。

さっきからぐい呑みについだ酒を、ちびちびとなめるように飲んでいた。

ときおり強く吹く風が、腰高障子を揺らしカタコトと音を立てさせていた。その戸ががらりと開けられて、千草が戻ってきた。

「ただいま帰りました」

千草は居間にいる伝次郎を見てから戸を閉めた。

「早かったな」

「ええ、この頃は客の入りが悪くて……」

千草はひょいと首をすくめて、しかたないことですけどと言葉を足し、店で作った残り物の煮物を上がり口に置いた。明日の朝のおかずである。

「おことさんの具合はどうだ」

「心配いらないようです。今日はずいぶん元気になっていたし……」

「それはよかった」

「立って歩けるようになったんです。でも、きつい動きはできませんから、もう少し店は休むといっています。体のためにはそのほうがいいですからね」

千草は奥の間に行って、着替えをしながら話す。

「それで、音松さんのことは……」

「うむ。何もわかっていない。それが正直なところだ。だが、必ず下手人は炙《あぶ》り出す。そうでなきゃ音松が浮かばれねえ」

伝次郎は宙の一点を凝視しながら酒を飲みほした。

「そうですね。でも、おことさん、どうして自分を刺した相手のことを隠すのかしら」

千草がそばにやってきて座った。

「人にいえない深いわけがあるんだろう。そう考えるしかない。訴えないといっているんだからな」

「でも、わたし気になって……」

そういう千草を、伝次郎は静かに眺めた。

「当人がそれでいいといっているんだ。無理に立ち入ることはよしたほうがいい」

「そうでしょうけど、わたしたち、なにもおことさんのことを知らないんですよ。長屋の人もそうだし、大家さんも」

「…………」

「いままでどこで何をしてきた人なのか……。おことさんもそんな話は一切しないんです。殺されそうになったんだから、相手のことを隠す必要などないではありませんか」

「千草……」

伝次郎は静かに千草を見た。

「もういい。おことさんがいいといっているんだ。人には他人に知られたくないこともある。きっとそういうことだろう」

「でも……」

「おことさんのことを気遣い、思いやることはいいことだ。だが、静かに見守ってやることも大切ではないか」

「……そうですね」

窘められた千草は膝の上で両手を重ね合わせて、もう一度そうですねといった。

五

翌朝、伝次郎は益川左馬之助を雇っていたという、本石町一丁目にある茶問屋「田村屋」を訪ねた。

「十年ほどの前のことだが、覚えてはおらぬか」

伝次郎は応対に出てきた「田村屋」の主・治兵衛《じへえ》を見て訊ねた。今日も船頭の身なりではない。昨夜と同じ、楽な着流しに大小を差していた。こういったとき、使い慣れた職人言葉は忘れて、武士言葉になる。

「はて、さような方を雇っていたかどうか……」

治兵衛は首をかしげる。三十半ばで、整った面立ちをしている。店主としての貫禄に欠けるのは、店を継いでまだ三年目と日が浅いことと細身のせいだろう。

「十年前といえば、わたしは他の店に修業に出されていた頃ですから、その頃のことはよくわからないのです」

「わかる者はいないか」

伝次郎は隣の帳場で仕事をしている古参らしき番頭を見た。それと気づいた治兵衛が、その番頭に声をかけた。

「なんでございましょう」

治兵衛は算盤《そろばん》を置いた番頭を、自分と伝次郎のいる小座敷に来るようにいった。

「父が店をやっていた十年ほど前のことだが、惣兵衛《そうべえ》さんは覚えているだろうか。あんたはそのときも番頭をやっていましたね。あ、沢村様、番頭の惣兵衛といいます。こちらは南御番所の沢村様とおっしゃる方です」

治兵衛は二人を紹介した。伝次郎は治兵衛がいうように、南町奉行所から来たと、便宜《べんぎ》的に自分のことをいっていた。差し支えはないという判断でのことだ。

「何か覚えているかとおっしゃるのでしょう」

太鼓腹の惣兵衛は二重顎を動かして、治兵衛と伝次郎を交互に眺める。

「十年ほど前、父が益川左馬之助というお侍を雇っていたらしいけど、そのことです」

治兵衛がいったとたん、惣兵衛は目に狼狽《ろうばい》の色を浮かべた。伝次郎は知っているのだなと直感した。

「覚えていませんか」

治兵衛が言葉を重ねると、惣兵衛は視線を泳がせた。

嘘のつけない正直者のようだ。伝次郎は静かに待った。こういうときは相手の出方を見るのが常道だ。下手につつくと、出しかけた尻尾《しっぽ》をまるめる人間がいる。

「隠し事はいけません。父にいろんな噂があったのはわたしも承知しています。それに、その父ももういまはあの世の人。遠慮はいらないから知っているなら話してください」

「しかし……」

「先代を咎《とが》めるのではない。知っていることを教えてもらいたいだけだ。店にとって不利なことだとしても、それはここだけの話にしておく」

伝次郎が言葉を添えると、惣兵衛は膝を整えなおすように動かして畏《かしこ》まった。

「たしかに雇っていたお侍がいました。その方の名が益川様だったかどうか、いまとなっては定かではありませんが……」

「なぜ、お侍を雇ったりしたんだろう」

治兵衛が疑問を投げかけると、

「それは……」

と、惣兵衛はいいにくそうに頭をかく。

「いいから話してください。わたしは多少のことには驚かないし、知りたくもあります」

治兵衛の催促に惣兵衛は折れて、重い口を開いた。

「その頃、大旦那様にはいい人がいたんでございます。名前は忘れましたが、その方はさる殿様の奥様でございました。あってはならぬことだと大旦那様もわかっていらしたのでしょうが、何せ男と女のこと……。ところが、そのことがどこで知れたのか、やんわりと脅しに来る侍がいたのです。大旦那様は大いに慌てられました。表向きは泥棒よけにお侍を雇ったといってらっしゃいましたが、じつは自分の身を守るためだったのです」

「それでどうなったのだね。脅しはなくなったのかね」

「どうなったのかわかりませんが、雇っていたお侍はいつの間にか姿を見せなくなりました。それに旦那様も相手の方とのご縁を切られたようでした。わたしが知っているのはその程度のことです。申しわけございません」

惣兵衛は両手をついて頭を下げた。

「惣兵衛さんの他に、そのことを知っている者はいますか」

「それはいないと思います。大旦那様はわたしにだけ教えられたはずですから」

惣兵衛はそういって、治兵衛と伝次郎を見た。

「その侍について知っていることはないか」

伝次郎の問いに、惣兵衛はいま話したのがすべてだといった。

「脅しに来た侍がいたといったな。その侍のことはわかるか」

惣兵衛はまったくわからないと、首を横に振った。

「脅しに来た侍はどうやって先代と殿様の奥様との密通を知ったのだ」

「それは……詳しいことはわかりませんが、大旦那様が贔屓にされていた料理屋がございました。そこに殿様の奥様と出入りするのを見られたようです」

殿様というのは旗本だろう。大名というのは考えにくい。すると、脅しに来た侍はその旗本に仕えていたことがあったのかもしれない。そうであれば、旗本の奥方の顔を知っていて当然だし、田村屋の先代との関係を疑っても不思議はない。

しかし、田村屋の先代は、もはやこの世の人ではない。さらに、田村屋の先代と密会していた旗本の奥方のこともわからない。

「田村屋」をあとにした伝次郎は、惣兵衛の話を頭の中でなぞって考えた。

おそらく先代の田村屋治兵衛が雇ったのは、益川左馬之助と考えていいだろう。そして、治兵衛の不義を知った侍が、脅しをかけている。それが、下崎幸右衛門だったのかもしれない。

「田村屋」は大きな商家である。不義を種に強請《ゆす》れば、大金をものにできる。なにせ治兵衛の相手は旗本の妻であるから、露見すればただではすまない。

身の危険を感じた治兵衛が、益川左馬之助を雇って先手を打ったと考えることはできる。もっとも推量の域を出ていないが、伝次郎は外れてはいないと思った。

つぎに足を運んだのは麴町《こうじまち》に住む旗本・糸島周右衛門の屋敷だった。糸島は益川左馬之助に返り討ちにされた下崎勘兵衛を雇っていた旗本である。

町奉行所は幕臣への聞き込みには慎重にならざるを得ないが、訪問の意図は糸島周右衛門本人のことではなく、家人だった下崎勘兵衛のことだからさほど神経を使う必要はなかった。

屋敷に主の周右衛門はいなかったが、持田作右衛門《もちださくえもん》という用人が話を聞いてくれた。

「なんですと、あの下崎が……」

勘兵衛が死んだ経緯を聞いた持田作右衛門は、驚きを隠しきれない顔で目をまるくした。きれいな白髪頭で、しわは深いが品のよい顔をしていた。

「こちらに勤めていたらしいですが、下手人の益川左馬之助についてお聞きになっていることはないでしょうか」

「益川についてはあれこれ聞いてはいますが、詳しいことは知りません。しかし、下崎勘兵衛のことはよく知っております」

作右衛門ははっきり答えてつづけた。

「あの者は苦労をしておりました。それもそのはず、父親は仕官もできずその日暮らしの内職で糊口《ここう》をしのいでいた人です。生計《たつき》が立たないので、勘兵衛は十歳で商家へ奉公に出ておったのです。武士の子といえど、背に腹はかえられないので、しかたないことだったのでしょう。しかし、父・幸右衛門殿が凶刃に倒れたと知ってから、奉公先の仕事をする傍ら剣術道場に通いはじめたのです。それが勘兵衛、二十歳のときです」

伝次郎は静かに作右衛門の話に耳を傾ける。

「それからしばらくして、この屋敷で雇うことになりました。雇ったのは桂庵《けいあん》を介してでございましたが、勘兵衛は細かいところに気がつき、目配りのよい男でした。それに、剣術の鍛錬も仲間の家来衆とよくやっておりました。それは大変な熱の入れようでした。それもそのはず、父親の敵を討つという目途《もくと》があったからです。その敵を見つける手掛かりを得たといって、やめたのは半年ほど前でしたか。それ以来沙汰がないので、どうしているのだろうかと、ときどき殿様と話をしていたのです。いやそうでございましたか、返り討ちに……」

話し終えた作右衛門は、何とも切なそうに首を振って唇を嚙んだ。

「下崎勘兵衛殿がどうやって、益川を見つける手掛かりを得たか、そのことはご存じありませぬか」

訊ねる伝次郎は知りたかったが、作右衛門は何も聞いていないといった。

伝次郎が糸島家を辞したのは、すでに日の暮れが近づいた頃だった。

益川左馬之助と下崎勘兵衛二人のことを調べるために、ほぼ一日を費やしたことになったが、無駄なことではなかった。

だが、益川左馬之助の行方はわかっていない。

(焦ることはない)

伝次郎はくいっと口を引き結び、胸中でつぶやきながら家路を辿《たど》った。

六

「こんなことをいくらやっていても探しきれるものではない。見つからなかったと戸部《とべ》様に言上《ごんじょう》するか」

前田監物《けんもつ》は安酒をあおって、佐々木文蔵《ささきぶんぞう》を見た。

二人は仮の住まいにしている深川六間堀町の裏店にいるのだった。

「そんなことは聞き入れてはくださるまい。おれたちは金をもらっているのだ」

文蔵は臑毛《すねげ》をまる出しにして、目刺しをのせた皿を監物の膝前に置いた。監物は早速ひとつをつまんで口に入れる。

「おれたちはやることをやっている。しかし、いくら探しても見つからないのだ。おい、醤油をたらせ」

「きさま、またおれに指図するのか。醤油がほしければ自分で取ればよかろう。手をのばせば届くのだ」

文蔵は怒気を含んだ顔を監物に向ける。

「おぬしは近いところにいるだろう。なんだ、醤油ぐらいでぶつぶついいやがって」

監物は文蔵をひとにらみしてから、文蔵の脇にある醤油差しに手をのばした。

「ぶつぶついいたくもなる。きさまは何かあるとすぐに指図する。それが癪《しゃく》にさわるのだ。いったい何様だと思っているんだ。おれはきさまの下僕《げぼく》ではないのだ。少しは考えてしゃべりやがれ」

「口数の多いやつだ。それにおぬしは気が短すぎる」

監物は口をとがらせている文蔵を見る。行灯のあかりが総髪を背後から照らしているので、顔は黒くしか見えないが、双眸《そうぼう》が光っていた。

「気が短いのは生まれつきだ。とにかくおれに指図するのはやめろ。わかったな」

「ああ、わかった。わかったから、うるさくいうな」

面倒なので監物はそういって酒をあおり、

「しかし、おぬしもいいところはある」

と、言葉を足した。

「なんだ?」

「面倒見がよいところだ。おだてているのではないぞ」

「ふん」

「それでどうする。いくら探しても見つからぬのだ。ひょっとすると、江戸にはいないかもしれぬぞ。もう三月もたつのだ」

「戸部様は深川にいるはずだとおっしゃったのだ」

「だが、探す手掛かりがないではないか。女の行方もわからずじまいだ」

「そうだな」

答えた文蔵はくわえた目刺しを嚙み切るように食って、ぐい吞みの酒を口に運んだ。そのとき、戸口に声があった。

「前田、佐々木」

監物と文蔵は同時に戸口を振り返り、すぐに顔を見合わせた。

「噂をすればなんとやらだ」

監物が低声《こごえ》でいって、ぴょんと三和土に下りて腰高障子を開けた。

「戸部様」

戸口には戸部兵庫助《ひょうごのすけ》が厳《いか》めしい顔をして立っていた。長身痩軀の監物より三寸(約九センチ)は背が低いので見下ろす恰好になる。

「飲んでいたのか」

戸部兵庫助は三和土に立って居間にいる文蔵と、酒徳利とぐい呑みを見ていった。咎めているような目つきだ。

「いまはじめたばかりです」

監物はいいわけめいたことを口にした。

「まだ酔っておらぬな」

「酔うほど飲んではおりませぬ」

監物は畏まって答える。

「ならば、これから付き合ってもらう。益川の居所の見当がついた」

「まことに……」

監物は目をみはった。

「やはり深川ですか」

文蔵もぐい呑みを置いて兵庫助を見た。

「島崎町だ。何度か見たというものがいた。やつは借家住まいだ。その場所もおおよそわかった。これより闇討ちをかける」

兵庫助にいわれた監物と文蔵はすぐに支度をして、仮住まいの長屋を出た。

雲におおわれた空に、ぼんやりと月がかすんでいた。夜風が生ぬるいので雨が降るのかもしれない。夜の闇はいつになく濃い。

提灯を持つ文蔵が戸部兵庫助の足許を照らしながら歩く。その後ろについている監物は、いよいよそのときが来たかと、気を引き締めていた。

その気持ちは兵庫助も文蔵も同じはずだ。相手は手練れである。

戸部道場に益川左馬之助があらわれたのは昨年の十一月だった。こともあろうか、他流試合を申し込みに来たのだ。

監物はその日のことを昨日のことのように覚えている。

「立ち合いを……」

申し出を受けた道場主の戸部十三郎《じゅうざぶろう》は、これは意外だという顔を益川左馬之助に向けた。

道場の壁際に居並ぶ門弟らは、左馬之助を嘲笑するように見ていた。

それもそのはず、益川左馬之助は神田の佐伯道場で師範代を務めていたが、戸部道場との他流試合を断ったことがあった。

理由は、当道場は他流試合を禁じているということだった。

佐伯道場は馬庭《まにわ》念流、戸部道場は無外《むがい》流である。

佐伯道場は稽古の際に防具をつける。馬庭念流は護身に重きを置くので、攻撃的な剣術とは距離を置いていた。

よって、他流試合も対外試合もしないのが長年の習わしだった。

「そなたは佐伯道場の師範代ではなかったか……」

戸部十三郎は道場玄関口に立つ左馬之助を見ていった。

「いかにもさよう。しかしながら、いまは佐伯道場とは関わりあいのない身。遠慮はいりません」

「何故《なにゆえ》、かようなことを？」

「戸部殿は他流試合を申し込まれたとき、佐伯道場を愚弄《ぐろう》された」

「愚弄とは言葉が過ぎる」

「拙者はそのように受け取った。防御剣術だから恥をかきたくないのだろうと、さようなことをいった戸部道場の門弟もいた。そのことは拙者の耳にこびりついて離れない」

左馬之助は毅然《きぜん》とした顔を、見所《けんぞ》に座っている戸部十三郎から道場脇に控えている門弟らに向けた。

「それにしてもいまさらではありませぬか。当家が佐伯道場との他流試合を断られてずいぶんたちますが……」

「さよう五、六年にはなりましょうか。しかし、今日の立ち合いは拙者の一存であり、佐伯道場とは一切関わりのないことゆえ、是が非でも受けてもらいたい」

「何か目当てがあってのことでござろうか？　それとも単なる意趣《いしゅ》返しということであろうか？」

十三郎の言葉を受けた左馬之助は、さめた双眸を光らせた。

「意趣もあるが、金二十両でいかがであろうか。拙者が勝てば二十両貰い受ける」

「負ければ？」

「お支払いいたそう」

左馬之助は懐から金子《きんす》を取り出して、上がり口に置いた。帯封のついた二十両だった。二十両は親子三人が一年を暮らせるほどの大金だ。

「五人ほどお相手願いたいと思いまするが、いかがなものでしょう」

「当道場も見くびられたものだ。さようなことであれば、受けるしかあるまい」

武者窓の下で控えていた前田監物は、おもしろいことになったとほくそ笑んでいた。他の門弟たちを見れば、やはりよい見世物を見られると期待顔をしていた。

表にはしんしんと雪が降りしきっていた。

吐く息が白くなり、道場の床板は凍りついたように冷たくなっていた。

最初に左馬之助の相手をしたのは、戸部道場内にあっては中位ほどの腕の門弟だった。なめてかかったのか、立ち合いと同時に足を払われ、背中と太股の裏に強烈な打撃を受けて倒れた。

「卑怯《ひきょう》だぞ！」

そんな声が控えの門弟の中から飛んだが、左馬之助は片頬に冷笑を浮かべて、

「倒すか倒されるか。それが戦いの真髄。そのために防具なしで鍛錬をしているのではないか。卑怯とは笑止《しようし》」

と、尊大にいい放った。

よしおれが、と立ちあがったのは、さっきの門弟より上位者だった。

だが、木剣を交えたのは数回のみで、そのものは板壁に飛ばされ、反撃に転じようとしたところ、喉に突きを受けて卒倒した。

門弟らが目の色を変えたのはいうまでもないが、道場主の戸部十三郎は顔を硬直させていた。

三人目は立ち合いと同時に横腹をしたたかに撃ちたたかれ、ついで背中に強烈な一撃を受けて倒れた。

四人目は長持《ながもち》という戸部道場きっての豪腕だった。だが、左馬之助は少しも臆することなく、長持の撃ち込みをかわし、左肩を撃ちたたき、体が折れた隙を逃さず、さらに腰と太股に強烈な打撃を与えて倒した。

五人目に立ちあがったのは、戸部十三郎の甥・兵庫助だった。だが、十三郎は兵庫助を下がらせ、樋口又右衛門《ひぐちまたえもん》という道場の高弟を名指しした。

このときすでに左馬之助は休む間もなく四人を相手にしていたので、息が上がっていた。吐く息も白い筒となっていて、両肩が激しく動いていた。

樋口又右衛門はそれだけ有利であり、余裕も見られた。しかし、左馬之助は樋口の撃ち込みを鍔元で受け、しばらく鍔迫りあいを誘った。

馬庭念流でいう続飯付《そくいづ》けである。鍔迫りあいから隙を見、離れる瞬間に胴を撃つのである。しかし、その技も樋口には通用しなかった。それでも左馬之助は攻撃をかわすと、執拗に続飯付けの体勢に持っていった。

見所にいる戸部十三郎も、板壁のそばに控えている監物も、そして他の門弟たちも息を呑んで戦いを見守っていた。監物は知らず知らずのうちに、固めた拳に力を入れていた。

それでも何度目になるかわからない鍔迫りあいがつづいていた。両者離れる隙を窺っている。そして、左馬之助が続飯付けの技を繰り出すだろうと、誰もが思っていた。

武者窓から雪を散らす風が舞い込んだとき、二人が同時に離れた。

瞬間、樋口が面を狙って撃ち込んだ。左馬之助は得意の技を繰り出すことができないばかりか、体を傾けたまま左手を頭上にあげ、剣先を右斜め下方に下げて樋口の攻撃を防ぐしかなかった。

これは俗に〝三所避《みところよ》け〟といわれるもので、現代剣道では反則技のひとつになっている。しかし、柄で面を防ぎ、右小手を鍔元近くで防御し、剣先で胴を防御するこの技は、実戦においては有効である。

案の定、樋口は勝負を焦るあまり、がら空きになっている左馬之助の左胴を撃ちにいった。瞬間、左馬之助は体を反転させながら弧を描くように木剣をまわして、樋口の後ろ首を撃ちたたいた。

見物をしていた監物はそのときの光景を、まざまざと思いだすことができる。後ろ首を撃たれた樋口又右衛門の首が奇妙に曲がり、口からつばを垂らしながら、顔面から床に倒れたのだ。倒れた瞬間、鼻が砕けたらしく、顔のあたりに真っ赤な血が広がった。

道場はしばらくしーんとした静寂に包まれていた。

だが、勝利した左馬之助は乱れていた呼吸を静かに収め、

「約束どおりいただきましょう」

と、戸部十三郎から二十両を受け取って立ち去った。

「やつを倒す。仲間の敵を取る」

戸部十三郎の甥・兵庫助が語気荒くいったのは、それから半月後のことだった。

左馬之助に倒された門弟のひとりは三日後に、もうひとりは十日後に死亡した。

他の三人は足腰が不自由となり、まともな暮らしができなくなった。

兵庫助はそのことを悲憤慷慨《ひふんこうがい》したのだが、十三郎に仕返しはならぬと止められた。

だが、兵庫助は聞く耳を持たなかった。

ひそかに刺客を立てたのだ。それが、前田監物と佐々木文蔵だった。


「おい前田、佐々木」

それまで不気味なほど無言のまま前を歩いていた兵庫助が、突如、口を開いた。

「なんでしょう」

提灯で足許を照らしている文蔵が返事をした。

監物は背後から黙って二人を眺めていた。

「やつは油断がならぬ。闇討ちに法はない。どんな手を使ってでも息の根を止めるのだ。その腹づもりでおれ。やつが問いかけてきても名乗ってはならぬ」

兵庫助はそういうと、監物を振り返った。

「承知いたしました」

監物は畏まって答えた。

三人は小名木川に架かる高橋をわたったところだった。

七

ちょうどその頃、伝次郎は猿子橋そばに置いている自分の猪牙舟に乗り込み、舫《もやい》をほどいたところだった。そのまま棹を使って舟をまわし、小名木川に舳《みよし》を向けた。

舟提灯のあかりが水面にはっきり映っていた。月あかりも星あかりもない、暗い闇のせいだ。

伝次郎が向かうのは、岡田康次郎なる御家人が借りていた島崎町の一軒家である。

その日の調べから自宅長屋に帰ったのだが、どうにもあの家が気になってしかたがなかった。ひょっとすると、岡田康次郎が帰っているかもしれぬと思ったのだ。たしかに借り主のいる様子はなかった。しかし、岡田康次郎はちゃんと大家に家賃を払っている。だから、家もそのままにしてある。

つまり、岡田康次郎が家を出て行ったという証拠はないのである。近隣の住人がしばらく見ていないだけで、また戻ってきてもおかしくはない。家具調度はそれなりに揃っているので、いつでも暮らせる状態にあるのだ。

それに、益川左馬之助と岡田康次郎が同一人物に思えてしかたがない。気になることは、それが思いちがいであろうが、たしかめる。同心時代にもそんなことが幾度もあった。うっかり見落としていたということもある。

それゆえに、じっとしていられなくなり、猪牙舟を出したのだった。小名木川は文字どおりの闇だった。黒くぬめったような流れが、河岸道のところどころにある居酒屋や小料理屋のあかりを映しているだけだ。

伝次郎はその流れにすっと棹を差し、そして力強く突く。猪牙舟は波を押しわけながら水澄《みずす》ましのようになめらかに進む。

棹を右舷から左舷に移すとき、棹先から落ちるしずくが、小さな音を立てた。猿子橋から島崎町まで半里（約二キロ）ほどだ。徒歩ならもう少し遠い距離になる。徒歩だと小半刻はかかるだろうが、舟ならその半分もかからない。行って何もなければ、そのまま引き返すだけだ。要する時間は高が知れている。小名木川を東進し、扇橋《おうぎ》をくぐって亥ノ堀に入る。ときどき空を見あげる。厚い雲の向こうにぼやけた月の位置がわかる程度だった。

今夜の月と同じように益川左馬之助の行方はぼやけたままだ。

島崎町の外れ、福永橋のそばに猪牙舟を舫うと、そのまま河岸道にあがった。舟提灯を使って夜道を歩く。人の姿はなかったが、近くの縄暖簾から酔客の笑い声が聞こえてきた。

伝次郎は岡田康次郎の屋敷前で足を止めた。小さな家は、闇の中にその輪郭だけを見せていた。戸口がきつく閉じられていたので、訪《おとな》いの声をかけてみたが、返事もなければ、屋内に人の気配もない。

伝次郎は裏にまわって、勝手口の戸を開けた。こっちは造作《ぞうさ》なかった。それでも屋内に神経を集中して、足を踏み入れる。

耳をすまし、夜目を利かしながら五感をはたらかせる。物音ひとつしなければ、人のいる気配もまったくない。

伝次郎は居間に上がって、隅に置かれている角行灯をつけた。暗かった家の中がよく見えるようになった。

直吉郎と来たときと同じで、家の中に変化はなかった。箪笥の位置も、火鉢の位置も同じだ。いじられた形跡もない。

念のために奥の部屋も見たが、不審に思うことは何もなかった。

(取り越し苦労だったか)

内心でつぶやき、ふっと嘆息する。

そのまま座敷の中央にどっかり腰をおろして、あたりをぐるりと眺める。舟提灯を掲げて天井を見る。指先で畳をすくうように撫でた。指の腹にうっすらと埃がついた。

「やはり、無駄だったか……」

声に出してつぶやいた伝次郎は立ちあがり、角行灯を消して、そのまま裏の勝手口から外に出た。

それは、表にまわり木戸門を出てすぐのことだった。むささびのように敏捷に動く黒い影が襲いかかってきたのだ。

第四章　似面絵《にづらえ》

一

伝次郎は後ろに飛びしさりながら、舟提灯を投げた。弧を描きながら宙を舞った提灯のあかりに三つの影が浮かんだが、それは一瞬のことで相手の顔は見えなかった。

曲者《くせもの》の一撃をかわした伝次郎だったが、すぐさま別の影が斬り込んできた。伝次郎は抜きざまの一刀でその斬撃《ざんげき》をはねあげた。

ぶつかった鋼同士が閃光のような短い火花を散らしたとき、伝次郎は半間（約九一センチ）ほど下がり、腰を深く落として青眼に構えていた。

「なにやつ」

相手は問いかけには応じず、じりじりと間合いを詰めてくる。伝次郎が視線を動かしたとき、左から斬り込まれた。

半身をひねってかわし、相手の背中に一太刀浴びせたが、暗い闇が邪魔をしてわずかに剣尖は届かなかった。

愛刀・井上真改《いのうえしんかい》は刃風を立てながら空を斬っただけだった。

地面に落ちている舟提灯がボッと音を立てて、ゆっくり消えていった。あたりは漆黒の闇である。

相手は三人、それも草鞋履きに襷《たすき》掛け、尻端折《しりはしょ》りをしている。端《はな》から伝次郎を殺すつもりだという意図が知れた。それに三人とも殺気を横溢《おういつ》させている。

夜目はまだよく利かない。おぼろ月の光は弱く、地上を照らすほどではない。

伝次郎はゆっくり雪駄を脱いだ。柄をにぎる手の力を緩め、黒い影の動きに集中する。右にひとり、正面に背の高い男がひとり、左にいるもうひとりは背後にまわり込もうとしている。

正面の男が突きを送り込んできた。伝次郎は上半身を右にひねりながら、右肩のあたりまで刀を持ちあげた。背中の筋肉がねじれる、その反動を使って刀を袈裟懸けに撃ちおろした。

左からまわり込もうとしていた相手を斬るつもりだったが、相手は紙一重のところでかわし、そのまま上段から斬り込んできた。

伝次郎は下方に下げた刀を、そのまま天を突くように振りあげ、相手の一撃をはね返し、大きく下がった。

すぐさま正面の男が斬り込んでくる。剣筋が見えない。見えないが、体は勝手に動き、相手の刀をすり落としていた。

「むッ……」

うなった相手は膝を曲げたまま下がった。その足腰の強さは、日頃の鍛錬を怠っていないからだ。

(ただものではない)

伝次郎は初めて恐怖を感じた。背中にぞくぞくっと粟《あわ》立つものがあった。だが、奥歯を嚙み口を引き結んで、恐怖心を追いやる。

それでも体に無駄な力が入っていることを自覚した。よくない徴候《ちようこう》だ。平常心を取り戻すために、さらに下がって相手との間合いを取った。

三人は正面に並んで、摺《す》り足で詰めてくる。

「誰だ？　なにゆえの所業だ」

「益川、逃がさぬぞ」

正面の男がくぐもった声を漏らした。

（人ちがいされている）

「おれは益川ではない。人ちがいだ」

「なに……」

伝次郎の声を聞いた正面の男が、声を漏らした。三人の足が止まった。

「益川を殺しに来たのか」

「きさまは誰だ」

問い返された。

「……わけあって益川左馬之助を探しているものだ」

「なんだと……」

三人の発していた殺気がうすれた。

「おぬしの名は」

左にいる男が聞いてきた。

「先に名乗るのが作法であろう」

伝次郎が言葉を返すと、

「もうよい。引きあげだ」

と、真ん中の男がいって大きく下がった。

両脇にいた二人が、それに応じて下がった。

伝次郎は、三人の影が闇に溶けて見えなくなるまでそこに立っていた。

二

「するってェと、益川左馬之助が狙われているってことか……」

伝次郎から話を聞いた直吉郎は、剃り立ての顎をさすりながらつぶやいた。

翌朝のことだった。佐賀町の自身番である。

昨夜の雲が払われ、開け放された戸の表はあかるい日射しにあふれていた。鳥の声も楽しげに聞こえている。

「相手は三人でしたが、いずれも手練れです」

「そやつらが人ちがいとわかって手を引いてくれたのはよかったが、そやつらはいったい……」

直吉郎はつづく何者だという言葉を呑んで、茶を喫した。

「三人が益川左馬之助の命を狙っていたのはたしかです。つまり、あの家を借りていた岡田康次郎は、じつは益川だと考えていいでしょう」

「話からすればそういうことになるな。すると、あの家に出入りしていた二人の女も益川左馬之助を知っているということになるが……」

伝次郎が考えていたのと同じことを直吉郎は口にする。

「その二人の女のひとりは、お冬でしょう。そして、もうひとりの女は、お冬の妹のお光と考えていいかもしれません」

「これまでのことを考えると、そうかもしれねえ……」

「中村さん、教えてもらいたいことがあります」

直吉郎が伝次郎に顔を向けてきた。

「お冬にお光という妹がいて、そのお光が根津の岡場所にいたというのは、どこから知った種《たね》（情報）です？」

「益川左馬之助が佐伯道場にいたことは話したな」

伝次郎は小さくうなずく。

「やつが佐伯道場にいたのは、五年ほど前までのことだ。その頃の益川左馬之助のことを知っている門弟からの話だ。そして、そのお冬に妹がいて、岡場所に流れたようだといったのもその門弟だった。門脇熊五郎《かどわきくまごろう》という男だ。そうだったな」

直吉郎はたしかめるように小者の平次を見た。

「そうです。その門脇という門弟がお光のことも知っていたのです」

「門脇と益川は仲がよかったというわけか……」

伝次郎がつぶやくようにいうと、

「ところがそうじゃないんです。門脇さんは益川左馬之助を快く思っていなかったらしいんです。なんでも、入ったばかりで師範代になったのが気に入らなかったようです。はっきりそうはおっしゃいませんでしたが、あっしはそう受け止めました」

そういった平次は、門脇は言葉の端々で益川左馬之助を非難していたと付け足した。

「憎らしい相手のことだから、その門脇という門弟は益川左馬之助のことをよく調べていた、あるいは知りたくなくても知ってしまったというところだろう。世間にゃよくあることだ」

直吉郎が言葉を添える。

「益川左馬之助が佐伯道場にいたのは、どのくらいですか」

伝次郎の問いに答えたのは、やはり平次だった。

「一年半ほどのことです。六年半ほど前に佐伯道場へあらわれ、そのまま居ついたらしいのですが、腕がいいのであっという間に師範代になったということでした。たまたま、それまでいた師範代が隠居したことも手伝ったようだと、そんなことも聞きました」

「師範代になったのにやめたのは、どうしたわけだ」

聞かれた平次は、はっと目をまるくして、それは聞いていないと答えた。

伝次郎は自分も佐伯道場を訪ねて、話を聞こうと思った。

「それから中村さん、岡田康次郎の調べはどうなっています？」

「そのことならすぐにわかった。岡田康次郎は小普請組《こぶしんぐみ》にいた。ただし、名前があっただけだ。いまは故人となっている」

小普請組は、役職につけない旗本や御家人を編入した組織で、禄のある浪人のようなものだった。

「では、その岡田康次郎と益川左馬之助の繋がりは？　たまたま益川が思いついた偽名だったのか、それとも岡田なる御家人が死んだのを知って使ったのか、どうなんでしょう」

「さすが伝次郎、いいことを聞く。おれもそれは考えた。だが、岡田なる御家人と益川が関わっていたかどうか、それはわからねえ。なぜかというと、岡田という御家人が死んだのは、もう二十年ほど前のことだ。たまたま益川左馬之助が、その岡田殿の近くに住んでいたか、何かの縁があって知っていたのかもしれねえが、いまとなっちゃ調べようがねえ。それにしても……」

言葉を切った直吉郎は、しばらく壁の一点を凝視した。そこに動かない蝿が止まっているのを見るような目だったが、やがてゆっくりと顔を伝次郎に向けた。

「昨日おまえさんを襲った三人のことは、どうやったらわかると思う？」

「それは……」

伝次郎は短く口をつぐんでから答えた。

「昨夜の三人は、あの家に益川左馬之助がいたことを突き止めたということですから、当然益川と因縁があるのでしょうが、はて、どういう関わりがあるのか……」

「また、あの家にその三人が来ると思うか」

「それはどうでしょう」

直吉郎は考える顔で茶を飲み、

「ちょいと見張ってみるか。伝次郎、おぬしも付き合うか」

と、いった。

「そっちはまかせてよいですか。わたしは佐伯道場で話を聞きたいと思います。早く終われば、あとで落ち合うことにします」

「よかろう」

「平次、門脇熊五郎という門弟にはどこで会える。道場か」

伝次郎は直吉郎から平次に顔を向けて聞いた。

「住まいは練塀《ねりべい》小路の北のほうにあります。近くで訊ねればすぐにわかるはずです」

細かい所番地も住居表示もないので、平次はそう答える。

伝次郎はわかったと応じた。いずれにしろ道場で聞けばわかることである。

三

佐賀町の自身番を出た伝次郎は、そのまま永代橋をわたって神田にある佐伯道場に向かった。道場のことは噂で知っているぐらいで、実際訪ねたことはなかった。

それにしても昨夜の三人のことは気になる。あの三人が益川左馬之助の命を狙っているのは、昨夜の短いやり取りではっきりしているが、どういう関係なのかはわからない。

だが、なんとなく思うところが伝次郎にはあった。

益川左馬之助が佐伯道場にいたのは、わずか一年半ほどだ。そして、入門して間もなく師範代になっている。これは異例のことである。そのことを快く思わなかった門弟がいてもおかしくはない。

　当然、益川左馬之助は居心地の悪さを感じただろう。それゆえに道場を去ったか、何かのっぴきならぬ問題を起こしたかだろう。

　普段は舟で移動することの多い伝次郎だが、歩いているうちに何か新鮮なものを感じた。以前はこうやって町を見廻り、周囲に目を配り、不審なものがいれば目を留めてしばらく静観するか、近づいて声をかけたりしていた。

　そのために町のことは隅々まで頭の中に入っていた。どこに長屋があり、どこの路地を抜けると反対側の通りに早く行けるか、どの町にどんな商家があるか、博徒《ばくと》のなになに一家がどこに居を構えているかなど、そんなことを諳《そら》んずることができた。

　その必要がなくなってもう何年にもなる。それでもこの店はずいぶん長く商売をしているとか、知っている店がなくなっていることに気づいた。

　そんな町の様子を見るともなしに見ながら歩きつづける伝次郎の頭は、益川左馬之助をいかにしたら探しだせるかということで占められていた。

　中村直吉郎の探索の助をすることなど考えてもいなかったが、音松が殺されたことで事態は変わった。

音松の死を無駄にしてはならないし、益川左馬之助を捕らえなければ、音松の魂も浮かばれまい。

(敵は必ず取ってやる)

伝次郎は心中で音松に呼びかけた。

佐伯光堂の道場は、神田相生町の北側の通りにあった。北側一帯は武家地だから、自ずと武家の子弟を集めやすい場所と察せられた。

道場ではすでに稽古が行われていた。防具をつけての立ち合い稽古で汗を流している門弟もいれば、素振りを繰り返しているものもいた。

道場には門弟らの発する気合いの声が交錯し、床板を踏む音や打ち合わされる木剣の乾いた音が幾重にも重なっていた。

見所に座ってときおり声を発している壮年の男がいた。道場主の光堂はすでに齢《よわい》六十を過ぎているので、おそらく師範代だろう。

伝次郎は玄関そばで稽古の支度をしている門弟に声をかけた。

「大先生でしたら、まだ母屋のほうですが、何用でございましょう」

若い門弟は訝《いぶか》しそうな顔を向けてくる。

「南御番所の使いだが、昔ここにいた益川左馬之助という師範代のことを知りたくてまいった。佐伯先生でなくとも、益川のことを知っている方なら誰でもよい。もし、門脇熊五郎殿がいらっしゃれば、門脇殿でもよい」

若い門弟は目をしばたたいたあとで、伝次郎を玄関に待たせたまま道場の奥に消えた。待つほどもなくひとりの男が、さっきの門弟といっしょにあらわれた。

堂々とした恰幅《かっぷく》の男だった。年は五十を越えていそうに見える。

「拙者が門脇熊五郎です。南御番所の方なら先日お目にかかったばかりですが……」

「存じております。もう一度、話を聞かせていただきたく伺った次第です。少し暇《いとま》をいただけませぬか」

「かまいませんが、道場では満足に話もできないでしょう。表へまいりましょう」

門脇は道場のそばにある茶屋に案内し、伝次郎と肩を並べて床几に腰をおろした。

「先日は平次という小者が伺ったはずですが、そのときの話は聞いておりますので手短にすませます」

伝次郎は名乗ってからそういった。

「お知りになりたいことがあれば何なりと。だが、わたしは益川のことを詳しく知っているわけではありません。知っておるのは、益川が道場にいた時分のことだけです」

「いたのは一年半ほどらしいですが、せっかく師範代になったのに、なぜやめたのです？」

「やめたのではありませんよ。いなくなったのです」

「では、ある日突然、姿をくらましたということですか」

伝次郎は門脇をまっすぐ見た。目の下の皮膚が重そうにたれていた。眉尻のしわが深く、鼻梁《びりょう》の高い男だった。

「そういうことになります。二日も三日も出てこないので、門弟が迎えに行ったときにはもう住んでいる家にはおらず、そのまま行方知れずです」

「益川が行方をくらますには何かわけがあったと思いますが、気づいたことはありませんか」

さあ、それはどうだろうと、門脇は湯呑みを包み持ったまま、遠くの空に視線を向けてから言葉をついだ。

「益川は金目当てで道場に来たのです。当人はそんなことなど口にしませんでしたが、来たときから師範代の給金はいくらだと気にしておりましてな。佐伯道場が他の道場より高い給金を払っているということがわかると、熱心に通ってくるようになりました。それも、自分の技量を隠してのことです。師範代は三人いましたが、ちょうどその頃ひとりが隠居されまして、あとを引き継ぐものを門弟から選ぶと、先生がおっしゃいました。当然、先生には考えているものがあったのですが、試合で決めることになったのです。そこで先生は三人を名指しされました。そのとき益川が名乗り出たのです。一番の勝者が、師範代になれるのならやらせてくれと」

「それで、益川が先の三人を負かしたということですか」

「誰もそんなことは思っていませんでしたが、それまで自分に稽古をつけていた三人をつぎつぎと打ち負かしたのです。誰も文句のつけようのない勝ち方でした」

「益川は師範代としては、どうでした？」

「そつなくやっておりましたよ。しかし、多くの門弟は益川を嫌っておりました。技量はともかく、品がないのです。一言でいえば、浅ましい男ということにつきます。人の上に立ち、人を指導するものには、人としての分別があって然るべきです」

「すると、益川には分別がなかったと……」

「あったとは口が裂けてもいえません。金持ちの門弟にねだる男でしたから。どこにそんな師範代がいますか」

最後の言葉は吐き捨てるような語調だった。

「それで益川には、女がいたようですが、門脇さんはそのことを存じてらっしゃったのですね」

「なぜかあの男は、わたしによく話しかけてきたのです。それで相手をしました。多くの門弟は益川を避けていましたので、わたしが手頃だったのでしょう。そんなときに女の自慢をよくしましてね。町でいっしょのところに出くわしたことも何度かありました。それが、益川には似合わぬ美人なのです。それには驚きましたが……」

門脇は自嘲の笑みを浮かべて茶に口をつけた。

「その女がお冬だったのですね」

「そういう名でした。妹はお光といいましたか……。益川は二人の面倒を見ているといっていました。手を差しのべないと、どうなるかわからない女で放っておけないみたいなことを、自慢そうに話してくれましたが、そんなことを聞かされてもおもしろくも何ともありません」

「門脇さんはお光という女が岡場所にいたとおっしゃっていますが、どうやってそのことをお知りになったのですか」

その問いかけに、門脇は顔を向けてきた。

真面目顔が少し羞恥《しゅうち》を含み、口許がゆるんだ。

「沢村さんとおっしゃいましたな。わたしも男です。たまにはそんな場所に遊びに行くこともあります。いまや縁のないことですが、あの頃は……」

ふふふっと、門脇は含み笑いをして茶を飲んだ。

「すると益川の情婦だというお冬だけでなく、お光にも会っていたのですね」

「紹介を受けたのです。不幸を背負って生きている女だから、面倒を見る気はないかと。つまり、金があるなら囲ってくれないかということです。もちろん、断りましたよ。わたしにはそんな余裕などありませんからな。だから他をあたれといって追い返したのです」

「お光に会ったのはいつのことです？」

「五年ほど前でしたかな、いや六年はたつかな」

「お光がいまどこで何をしているか、それはわかりませんか」

門脇は首を振って、まったくわからないといった。

伝次郎はそれを最後に、門脇に礼をいって神田をあとにした。益川左馬之助を探す手掛かりは得られないままだ。

こうなると、島崎町で見張りをしている直吉郎のことが気になった。

四

横十間川に架かる大島橋のそばに小さな旅籠《はたご》があった。

二階の客座敷で益川左馬之助は、静かに酒を飲んでいた。窓の外には青空が広がり、気持ちよさそうに鳥がさえずっている。

近くの舟着場から一艘の渡し舟が、小名木川を横切り、対岸の八右衛門新田《はちえもんしんでん》に向かっていた。客は荷物を持った行商人と、赤子を抱いた百姓女だった。

「ここはいいところだ」

左馬之助は小さなつぶやきを漏らして、盃に視線を落とした。盃の中にある酒が日の光をちらちらっと照り返した。その盃を少し動かすと、今度は自分の顔が映り込んだ。

水鏡は知っていたが、酒も鏡になるのだと、妙に感心し、切れ長の目を細め、うすい唇の端に笑みを浮かべた。

「もらってきたわ」

階段を上がってきたお光が、そばにやってきて座った。

「ここはいい旅籠だな」

左馬之助は外の景色を眺めながらいう。

「そうね。これ、おいしいらしいわ」

お光はちらりと景色を見ただけで、一階の台所からもらってきた酒の肴を、左馬之助の膝前に滑らせた。小鉢は蛤のむき身を使ったぬた和えだった。

「うまそうだな」

左馬之助は早速箸をつけて口に含んだ。蛤のむき身と蒟蒻《こんにやく》に酢味噌がよくからんでいる。甘酸っぱさが、料理の味を引き立てていた。

「どう?」

お光がのぞき込むように見てくる。うまいというと、嬉しそうに笑った。笑うとえくぼのできる女だった。二十六になるが、まだ十代の生娘のように肌がきれいだった。

「それで、さっきの話のつづき聞かせてくださいましよ。一両で二十両を作るって、どうしたらそんなことができるんです?」

「そこから先はさしておもしろい話ではないが、容易《たやす》いことだった」

「どうやったのですか」

お光は長い睫毛《まつげ》を動かして、黒い瞳を輝かせる。

「一両小判を一枚使っただけだ」

「それで二十両を稼いだのでしょう。それがわからないのですよ」

お光は膝をすって体を寄せてくると、左馬之助の膝に片手をのせた。

「一両小判を重ねるのだ。本物は上の一枚だけだ。あとは作り物だが、相手にはわからぬ。またわからぬように、少し離れたところでやり取りをする。こうやって懐から出して、相手に見せる」

左馬之助はその仕草をした。

「相手は驚く。おれが二十両を目の前に置いたのだからな。そして、おれがほんとうに二十両を持っていると信じる」

「それで……」

左馬之助は勿体ぶるように、うすい唇を酒で濡らしてつづけた。

「そこは剣術道場だった。試合を申し込んだのだ。五人を相手にして、おれが負けたら二十両をわたす。だが、勝ったときには道場から二十両を貰い受けるとな」

「道場破りをしたのですね」

「そうではないが、まあ、同じようなものだろう。おれは五人を相手にしたが、無論負けるわけがない。打ちのめして終わりだ」

「そういうことでしたの……。わたし、てっきり手妻《てづま》でも使ったのかしらと考えていたんです」

左馬之助は目をぱちくりさせるお光を見て、小さく笑った。

「手妻など、おれにはできぬ芸当だ」

「でも、左馬さんは強いから、そんなことができたのね」

「さほどでもないのだがな、相手が弱いというだけだ」

「ご謙遜を。でも、その手を使ってまた稼いだのですね」

「何度もやれることではない。負けたら赤っ恥をかくことになる。それゆえに、相手のことをよく調べておくのだ」

「調べる？」

お光は睫毛を動かして、一重の目を大きくする。

「それとなく稽古をのぞいておくのだ。ここだったらできる、できないというのがそれでわかる」

「稽古を見て相手のことがわかるのですか」

「わかる」

左馬之助はきっぱりといって、

「それより、家はどうする」

と、話題を変えた。

「わたしはもっと賑やかなところがいいのですけど……」

「静かなところはいやか」

左馬之助は自分の膝に置かれているお光の手に、空いている手を重ねた。

「いやではありませんけど、人の少ないところで商売をやっても繁盛しませんわ」

「いますぐ商売をはじめるつもりはない。先の話だ」

「先って、いつのことです？」

「そうだな……」

左馬之助はまた表の景色に目を向けた。

雲が日を遮り、小名木川の輝きが消えた。しかし、それも束の間のことで、日を遮った雲が流されると、水面はまた輝きを取り戻した。

「早くしないと、どんどん年を取ってしまいますわ。わたしだってそんなに若くないんだし、おちおちしていたらあっという間に大年増になるんですからね。左馬さんだって耄碌《もうろく》しちゃうんですよ」

「大仰《おおぎょう》な」

「何もしないでその日暮らしができるなら、それで結構でしょうけど、そんなこといつまでもつづかないのですよ」

お光は大真面目な顔でいう。

「わかっているさ」

「それじゃ、いつ店を開くのですか」

「その前にどんな商売をやるか、それを考えなければならぬ」

「わたし、考えています」

お光はきちんと膝を揃えて居住まいを正した。

左馬之助は驚いたようにその姿をまじまじと眺めた。

「どうしたのです？」

「その着物がよく似合っているからだ。おまえにぴったりだ」

お光は両袖を広げて、自分の着ている着物を見た。藍染めの着物で、袖口に小紋を散らした撫子《なでしこ》色の襦袢《じゅばん》がのぞいていた。

つい先日、左馬之助が誂《あつら》えてやったものだ。

「わたしも気に入っているのです」

「うむ。それで、何を考えている」

「上方《かみがた》の紅や簪《かんざし》を扱う小間物屋です。小さな店でも、賑やかな通りに面していれば、繁盛しますわ。そんな店がいくつかあってよ」

お光は小鳥のように首をかしげて微笑んだ。

「小間物屋か……まさか、そんなことを考えていたとは」

「手堅い商売をやるのです。細々とでもいいから、長つづきのする商売です」

「そうか、そうだな」

左馬之助は手酌をして酒を含んだ。

五

佐伯道場の門脇熊五郎から話を聞いた伝次郎は、そのまま直吉郎が見張りをしている島崎町に向かうつもりだったが、その前に佐賀町の自身番に寄っていこうと思った。

歩きながら考えたのは、音松の聞き込みだった。伝次郎は音松の探索能力をよく知っている。

ふと疑問に思ったのは、なぜ音松が島崎町に行ったかということだった。もちろん、その答えはわかっている。益川左馬之助の女と思われるお冬が、島崎町に住んでいるというのが判明したからだった。

伝次郎が気になったのは、音松がどうやってそのことを調べたかである。その経緯は直吉郎からも聞いていない。事が事だけに気になると、ますます気になる。

門脇熊五郎と別れた伝次郎は、そのまま猪牙舟を置いている猿子橋に戻り、舫をほどいたところだった。そのまま棹を押して舟を出す。

猪牙舟を使うのはいまさらではあるが、歩くより早いということに気づかされたからだった。江戸は水路が発達しているので、やはり徒歩より舟である。

小名木川に出ると、そのまま万年橋をくぐって大川を下る。春の日射しは暖かく、風の冷たさも消えていた。きらめく大川の水もぬるんでいるようだ。

益川左馬之助の行方はさっぱりつかめていないが、その手掛かりとなるのが、お冬とお光という姉妹の存在である。

音松はそのお冬のことを調べているが、伝次郎は何も聞いていない。

猪牙舟を佐賀町の入り堀に架かる中之橋のそばに繋ぎ留めると、舟底に置いていた大小をつかみ取り、ひらりと河岸道にあがった。

端折っていた着物をおろし、そのまま自身番を訪ねた。

「聞きたいことがある」

敷居をまたぐなり伝次郎がいうと、茶を飲みながら世間話をしていた書役の安兵衛と、番人の平太と春吉が一斉に振り返った。

「なんでございましょう」

安兵衛は湯呑みを膝許に置いて、伝次郎をあらためて見た。

「音松が殺された日のことだ。やつは島崎町に行く前にこの番屋に寄ったのだったな」

「はい、寄って行かれました。それで中村様への言付けを預かったんです」

「そのとき、音松は島崎町にお冬が住んでいるらしいことを口にした、そうだな」

「そんな話をしました」

「どうやってそのことを突き止めたか、聞いていないか」

答えたのは鼬顔の平太だった。

「富沢町にある『丁子屋』という店でわかったとおっしゃいました。妹のお光を探していたら、その店でお冬のことがわかったということでしたが……」

「富沢町の『丁子屋』」

「はい。そういわれました」

「『丁子屋』はなんの商売をしているんだ?」

「さあ、それは……でも、その店の手代から聞いたようなことを口にされました」

平太は首をかしげながらいった。

伝次郎は短く宙の一点を見てから、わかったといって、自身番を出た。

すぐ猪牙舟に戻り、そのまま大川をわたり、浜町《はまちょう》堀に乗り入れた。やはり舟のほうが早いと痛感する。

栄《さかえ》橋の手前で猪牙舟を舫って河岸道にあがると、そのまま富沢町に入った。目についた店で、「丁子屋」のことを聞くと、大門《おおもん》通りに面した古着屋だというのがわかった。

店は古着屋だが、立派な構えだった。紺暖簾をはねあげて店に入ると、いらっしゃいませと、奉公人たちが丁寧に頭を下げた。

「客ではない。聞きたいことがある」

伝次郎は帳場に座っている二人の男を見た。

「この店に音松という男が来たはずだ。名前はわからぬが、手代と話をしたと聞いている。その手代に会いたいのだが……」

いうそばから帳場横に座っていた男が驚いた顔をした。

「おぬしか」

声をかけられた手代は、一度帳場に座っている番頭ふうの男を見て、そうだと答えた。

「音松とどんな話をしたか教えてくれ。おれは沢村伝次郎という、南御番所の手先のものだ」

伝次郎が名乗ると、手代は緊張の面持《おもも》ちになり、ではこちらへと帳場裏の小座敷にいざなった。手代の名前は市兵衛《いちべえ》といった。

「あまり大きな声ではいえないことなのですが……」

「有り体《てい》に聞きたい」

伝次郎は市兵衛をまっすぐ見ていった。その眼光に市兵衛は臆したようだ。

「その旦那様がお雇いになった女のことです」

「なんという女だ」

「お光という人でした。いまはどこで何をしているのかわからないんですが、お光さんにはお冬という姉さんがあり、その住まいが亥ノ堀にあると聞いていましたので、そのことを話しただけなんでございます」

伝次郎は眉宇をひそめて、短く考えた。

「お冬が亥ノ堀に住んでいるというのは、お光から聞いたのか」

「さようです」

伝次郎はまた少し考えてから問うた。

「お光はこの店にどれくらいいたのだ」

「三月ほどでしょうか。昨年の暮れに突然いなくなったんです」

「なぜいなくなった？」

「さあ、それは……」

市兵衛は困ったように首をかしげる。

「お光はこの店の主が雇ったといったが、どういう縁があって雇ったのだ」

「それは……」

市兵衛は歯の隙間から息を吸いながら、困ったなと、頭の後ろをかく。伝次郎はその様子を見て、何か裏にあると感じた。

「市兵衛といったな、主を呼んでくれ。直截《ちょくせつ》に話を聞きたい」

市兵衛はひょいと顔をあげて、戸惑ったように目をしばたたいた。

「おまえから話を聞いた音松という男は殺されたのだ。これは大事な話だ。呼んでこい」

「こ、殺されたって、あ、あの人がですか……」

市兵衛はこれでもかというほど目をまるくして、ぽかんと口を開けた。

「いいから呼んでくるんだ」

市兵衛はおたおたしながら主を呼びにいった。

その主がやってきたのはすぐだった。主は九右衛門《きゆうえもん》と名乗り、静かに伝次郎の前に腰を据えた。物腰はやわらかいが、好色そうな顔をしていた。

「手短に教えてもらいたい。主はお光という女を雇い入れたそうだが、それはどういう経緯があったからなのか？　こんなことを聞くのは理由《わけ》あってのことだ」

伝次郎はそういって、その理由をざっと話した。九右衛門は静かに耳を傾けていたが、その顔が次第に驚きに変化した。

「殺しがからんでいるとおっしゃいますが、まさかあのお光が……」

「お光ではない。その姉のお冬の情人で、益川左馬之助という男なのだが、聞いたことはないか」

九右衛門の白髪まじりの短い眉がヒクッと動いた。

「心あたりがあるのだな」

「もしや、あの男では……」

伝次郎は眉宇をひそめて九右衛門をまっすぐ見る。

九右衛門は話を聞かれるのをいやがるように、帳場との境になっている襖《ふすま》を閉めに立ち、あらためて座りなおし、

「あまり大きな声ではいえないことですから」

と、断って、お光と知り合ってからのことを話しはじめた。

九右衛門がお光を知ったのは、明神下《みょうじんした》にある料理屋だった。そこで酌婦をしていたのがお光だった。要するに話次第で体を許す枕芸者だった。

九右衛門はお光をひと目見たとき、これは好みの女だと思った。酒の勢いもあり、すぐさま話をつけお光を買ったのだが、たった一度きりの遊びにしようという思い

は脆《もろ》くも崩れ、足しげく通うようになった。

「十日、いえ五日に一度という具合でした。話をするうちに、わたしは貧しい境遇の中で育ったお光のことを気の毒に思い、また他の男に買われているのではないかと思うと、居ても立ってもいられなくなりました。それである日、うちではたらかないかと持ちかけますと、一も二もなくそうさせてくれといったのです。女中仕事ですが、お光はまったくかまわないと申します。それでうちで預かったのですが、とんだ美人局《つつもたせ》だったのです」

「美人局……」

「昨年の暮れでした。お光が会ってもらいたい人がいるというので、案内されたところへ行きますと、ひとりの侍が出てきて、お光をどうしてくれるのだ、囲い者にしてとんでもないやつだ、ここで斬り捨ててもよいがそれでは腹立ちは収まらない、ついては金を持ってこいといわれました。いうことを聞かなければ、お光との間柄を町中に触れまわり、その上でわたしの命を貰い受けるといわれたのです。わたしは生きた心地がせず、ふるえあがったまま相手のいい分を聞いたのです」

「その男は益川左馬之助というのではないか」

伝次郎はひたと九右衛門の目を見ながら聞いた。

「名前は聞きませんでした。恐ろしくて聞けたものではありません」

「顔を覚えているか」

「ぼんやりと……」

九右衛門は自信なさそうに答えた。

「教えてくれ」

「背は並みでしょうか、顔は三光稲荷《さんこう》の暗い境内でしたのではっきりしませんでしたが、唇がうすうございました。その動く口を見ていましたので、それだけはよく覚えているのです」

「金をわたしたのだろうが、そのときにはどうだった」

九右衛門は首を横に振って答えた。

「金はお光にわたしました。そして、お光はその金を持って行ったまま帰ってきません。まことに恐ろしい女に引っかかったと、いまでも自分のしたことを悔やんでいますが、命あっての物種ですからね」

九右衛門は大きなため息をついた。

「姉のお冬が亥ノ堀に住んでいるというのは、お光から聞いたのだな」

「さようです。自分を母親代わりに育ててくれた、大事な姉だといっていました。苦労のかけどおしなので、いつかその姉に恩返しをしたいと話しました。そんな女に、まさか恐ろしい侍が後ろについていたとは思いもしませんで……。それも、わたしの不徳のいたすところでしょうが……」

はあと、九右衛門はまたため息をつく。

「それでお光の居所はわからぬか」

「さっぱりわかりません」

「見当もつかぬか」

「はい」

六

両国《りょうごく》東広小路の外れにある水茶屋で、戸部兵庫助は休んでいた。だが、その目は雑踏を行き交う人々に向けられている。とくに浪人風体の侍を見ると、ぎらりと目を輝かせ凝視しては、ちがうかと、内心で落胆のつぶやきを漏らし、また別の男に目を注ぐ。

隣の床几には前田監物と佐々木文蔵が座っていた。

「いつまでここにいるのです？」

普段から落ち着きのない前田監物が声をかけてくる。

兵庫助が厳めしい顔の中にある鋭い目で見ると、監物は小さく首をすくめた。

「黙っておれ。やつは近くにいるのだ」

やつというのは益川左馬之助のことである。

「しかし、ここにいてやつがあらわれるとは、かぎらぬでしょう」

文蔵が角張った顔を向けてくる。総髪は手入れを怠っているらしく、乱れていた。

「やつを探してもいるが、手駒がやってくるのを待っておるのだ。無駄に話しかけてくるな」

「手駒……」

文蔵は監物と顔を見合わせた。

兵庫助はそんな二人をちらりと見ただけで、雑踏に目を戻した。

東広小路には水茶屋や小間物屋などが軒を並べているが、胡散《うさん》臭い見世物小屋が多い。その呼び込みの声がうるさかった。あわせて饅頭《まんじゆう》屋や煎餅《せんべい》屋の女が、黄色い声を張りあげて客引きをやっているので、兵庫助の癇《かん》にさわっていた。

(あやつらを黙らせてやりたい)

心中でそう思って、客引きをする女をときおりにらんでいたが、その目はまた雑踏に戻された。

兵庫助はそうやって〝手駒〟を待っているのだった。

「戸部さん、手駒ってなんです?」

前田監物が問いかけてきた。兵庫助は監物を見る。背が高いので少し見あげる恰好になった。

「道場にはいろんな門弟がいる。武家の子弟もいるし、町人もいる」

「たしかに……」

「町人の中には行商をやっているものもいる。そやつらの中には江戸中を隈《くま》なく歩いて商売をやっているものがいる」

「いますね」

「そやつらが手駒だ。益川左馬之助が江戸から逃げていなければ、そやつらの目に必ず留まる。益川が借りていた亥ノ堀の家も、そやつらが教えてくれたのだ」

「そういうことだったのですか」

佐々木文蔵が納得したというようにうなずいた。

「ぬかりなくやらねばならぬ。必ずやつは探しだす」

「ごもっともです。そうしなければ、やつに倒されあっけなく死んだものたちが浮かばれませぬからね」

兵庫助は黙したまま茶に口をつけた。

「殺されたようなものだからな」

文蔵に監物が応じた。

「ようなものではない。殺されたのだ。そうではないか」

文蔵が言葉を返す。すると、監物がすぐに反応した。

「立ち合いで負けて死んだのだ。だから殺されたようなものだろう」

「またくだらぬことをいいやがる。そもそもおぬしは……」

「おい、やめぬか」

兵庫助は二人をにらんだ。

「おぬしらはすぐに口論をする。それだけ仲がよいのだろうが、くだらなさすぎる。少しは考えろ。まったく大の大人がみっともないであろう」

苦言を呈された二人は黙り込んだ。文蔵が監物の横腹を肘《ひじ》でつつく。

そのとき棒手振《ぼてふり》の魚屋が近づいてきた。

「戸部様」

と、声をかけてきて、魚を入れた盤台《ばんだい》を地面に下ろした。ちらりと監物と文蔵を見て、小さく頭を下げる。

「いたか」

兵庫助は目を輝かせた。

「女を連れた似ている男を見たというものがいました」

魚屋は低声でいって、首にかけている手ぬぐいで口のあたりを拭った。

「女……」

「さようで。場所は深川西町《にしまち》です。猿江橋をわたって河岸道沿いに東のほうに歩いていったといいます。それで、あっしもそっちを探してみたんですが、見つけることはできませんでした」

「それはいつのことだ」

「見たのはあっしの連れで、昨日の昼間のことです」

「猿江橋をわたって東のほうへ行ったのだな」

「さようです」

兵庫助は小名木川沿いの道を脳裏に浮かべた。猿江橋は大横川と小名木川が交叉するところに架かっている。

東へ向かったということは、中川《なかがわ》の船番所《ふなばんしょ》のほうだ。

(まさか、江戸を離れたのでは……)

兵庫助は危惧した。そうであれば仲間の門弟の敵を討つのが難しくなる。

「津兵衛《つへえ》、引きつづき目を光らせてくれるか。おれたちはこれから猿江橋のほうを探ってみる。これは酒手《さかて》だ。取っておけ」

兵庫助は津兵衛という魚屋に心付けをわたして立ちあがり、

「前田、佐々木、行くぞ」

と、先に歩きだした。

七

伝次郎が島崎町で見張りをしている直吉郎と平次に合流したのは、夕暮れ間近だった。直吉郎は小さな履物屋の脇を見張場にしていた。

「どうですか」

「何もない」

直吉郎はそう答えてから、おぬしのほうはどうだったと、伝次郎に聞いた。

「音松の調べをなぞってみてわかったことがあります。おそらく益川左馬之助は、お冬と付き合いながら、妹のお光の面倒も見ているということです」

「どういうことだ」

「さあ、それはわかりません」

伝次郎はそう答えてから丁子屋九右衛門から聞いたことを、そのままそっくり話した。

「食うに食えなくなっての所業かもしれねえが、美人局とは……」

話を聞き終えた直吉郎は、顎を撫でながらあきれたようにいった。

「あの家に出入りしていたのは、お冬とお光と見てまちがいないでしょう」

伝次郎は路地の先に見える一軒家を見ながらいった。益川左馬之助が、岡田康次郎という偽名を使って借りていた家だ。翳《かげ》りはじめた日の光が、瓦屋根をすべり落ち路地の暗がりを浮かびあがらせていた。

「しかし、沢村の旦那を襲った三人は、どうやってあの家を探しあてたんでしょう」

平次が疑問を呈する。

「それがわかれば世話ねえさ。とにかく美人局までやって金を拵《こしら》えなきゃならねえ男だ。それを根に持った人間が、遣わした刺客かもしれねえ。そんなやつが、いてもおかしくはねえだろう。それにやつは、口封じのために雇われ用心棒まで請け負っている。買っている人の恨みはひとつや二つじゃねえはずだ」

直吉郎はそういってから、言葉を足した。

「伝次郎、この見張りは無駄かもしれねえ。もう少し様子を見たら引きあげるか」

「それは中村さんにおまかせしますが、ひとつ思うことがあるんです」

「なんだ」

「益川は岡田康次郎という名を使って、あの家を借りていましたが、その岡田康次郎と益川に何か繋がりがあるのではないかと思ったのです。思いつきの偽名だったのでしょうが、人は往々にして自分と関わりのあった人間のことを思いだして、うまく繋ぎ合わせたり、少しだけ変えたりします」

「岡田康次郎という御家人はとっくの昔に死んでいるんだ」

「益川がその岡田殿の近くに住んでいた、あるいは世話になっていたとしたらどうでしょう」

直吉郎はふむとうなり、しばらく沈思黙考《ちんしもっこう》してから口を開いた。

「そこから益川の尻尾をつかむってことか……」

「それには岡田康次郎殿がどこに住んでいたか、それを調べなきゃなりません」

平次だった。

「できるか」

伝次郎は平次を見る。

「調べればわかるでしょうが、もう故人となってずいぶんたっていますから、どうでしょうか」

「そっちから益川の行方を辿るのは難しいだろう。やつがどこでどんな育ち方をして、どういう暮らしをしてきたかがわかったとしても、やつは人殺しだ。てめえの来《こ》し方《かた》とは縁を切っているはずだ。だが、伝次郎がどうしてもっていうなら、調べてもいいが……」

直吉郎はそういって伝次郎を眺めた。

「他に探す手立てがないようだったら、考えてもらえますか」

「いいだろう」

「無駄になるかもしれませんがお願いします。それから、お冬の似面絵がありましたね」

「音松が持っていたのを見なかったか」

「いいえ」

伝次郎は首を振ってから、考えるように目を細めた。音松が殺されたとき、持ち物は調べている。だが、似面絵はなかった。

「音松は持っていなかった、そういうことか……」

「ひょっとすると、益川左馬之助が持ち去ったのかもしれません。お冬は自分の女です。音松を斬ったあとで、懐にあったお冬の似面絵に気づいたならそのままにはしておかないでしょう」

伝次郎は自分の言葉に、なるほどそういうことかもしれぬと、軽く唇を噛み、

「それでお冬の似面絵はあるんですか」

と、聞いた。

「あります。これがそうです」

平次が懐から似面絵を出して伝次郎にわたした。その絵は肉筆画であった。つまり増摺《ましず》りはしていないということだ。

だが、伝次郎はその似面絵を見るなり、

「これは……」

と、驚きの声を漏らした。

「なんだ」

直吉郎が顔を向けてきた。

「これがお冬ですか」

「そうだ」

「中村さん、だったらお冬には会えます」

「なんだと」

直吉郎は片眉を吊りあげた。

第五章　島田屋

一

通称・鼠長屋こと中兵衛長屋に入った伝次郎は、おことの家の前で立ち止まって、

「ここです」

と、一度直吉郎を振り返ってから、腰高障子をたたき、おことの名を呼んだ。

「はい」

物憂げな声が返ってきた。

「伝次郎だ。ちょいと邪魔をしていいかい」

「あ、はい。お待ちを」

物音がしてがらりと戸が開けられた。おことは伝次郎を見、それから背後にいる直吉郎と平次を見て顔をこわばらせた。

「こっちは南御番所の中村さんだ。聞きたいことがある」

伝次郎は有無をいわせず敷居をまたいだ。おことは後ずさって、居間に戻って大儀そうに座った。

「傷はどうだい」

「大分よくなりました。で、いったいなんなのでしょう」

おことは伝次郎に答えてから、直吉郎に顔を向けた。

「お冬」

直吉郎が呼んだ。とたん、おことことお冬はびくっと体を固めた。直吉郎は土間に立ってお冬を眺める。

「そうだな、おまえの名はお冬だ」

お冬は息を止めたような能面顔になって、まばたきもせず直吉郎を見る。

「益川左馬之助を知っているな。おまえが益川とどんな間柄なのか、とうに調べはついている。隠し事や嘘はだめだぜ」

「何かあったんでございますか？」

お冬は声をうわずらせていた。

「益川左馬之助を探している。やつは人殺しだ」

「えッ」

お冬は目をみはった。

「長い話はしたくねえが、益川は十年前、下崎幸右衛門という御家人を斬っている。ある商家の主に頼まれての口封じだった。そして、敵を討とうとしていた下崎幸右衛門の倅《せがれ》が、先日益川に返り討ちにされて死んだ。殺しだ。そして、それを調べていたおれの手先が、またもや益川に殺された」

「……そんな」

お冬はまばたきもせずにつぶやく。

「嘘じゃねえ。益川は島崎町に家を借りていた。その家を知っているな」

直吉郎の射るような視線を受けたお冬は、小さくうなずいた。

「おまえもその家に出入りしていた。妹のお光といっしょに」

「あ、はい」

「だが、いまあの家には誰もいない。益川もお光も……。どこにいるか知っているか？」

直吉郎と同じように、伝次郎もお冬を凝視していた。

お冬は生つばを呑み込んで、知りませんと答えた。

「なぜ、知らねえ。おめえさんと益川はただならぬ間柄じゃねえか。それも十年ばかしの付き合いだ。知らねえってことはねえだろう」

「亥ノ堀のあの家にいなければ、わたしにはわからないことです」

伝次郎が眉宇をひそめたように、直吉郎も眉間にしわを彫った。

「なぜわからねえ」

直吉郎は居間の上がり口に腰をおろし、お冬を見つめる。

おこととお冬はうつむいて躊躇《ためら》っていた。障子越しのか弱い光を受けるお冬の顔の半分が陰になっていた。それは人にいえぬ苦労の重みが作った陰に思われた。

「……縁を切ったのです」

お冬はゆっくり顔をあげてつづけた。

「店を出す元金をもらって、それで縁を切ったのです。あの人は店を出したいというわたしの望みを聞く代わりに、それを手切れにしたのです」

「いつのことだ」

「昨年の暮れです」

「それから会っていないのか」

「いいえ、何度か会いました。あの家を訪ねていったのです。最後に会ったのは十日ほど前でした」

「別れたのに、なぜ会いに行ったりしたんだ」

お冬は唇を噛んで間を取った。

伝次郎はその顔をじっと見つめた。表情がさらに曇り、深い陰が浮かんだ。

「縒《よ》りを戻したかったのです。でも……」

「縒りを戻すことは出来なかったというわけか。ま、それはいい。おれはやつを捕まえなきゃならねえ。居場所に心あたりはねえか」

「……わかりません、ほんとうです」

お冬はすがるような顔を直吉郎に向けた。伝次郎はほんとうにお冬は知らないのだと思った。嘘をついている顔ではない。そのことは、直吉郎にもわかったはずだ。

「そうかい。それにしても困ったな。せっかくおめえを探しあてたっていうのに……」

「お冬、おまえを刺したのは誰だ」

伝次郎はこれまで接してきたときとちがう口調で聞いた。お冬は伝次郎に視線を向け、そしてすぐにうつむいた。膝の上に置いた手をゆっくりにぎり締める。

「益川だったのではないか。縒りを戻したいといったおまえが煩《わずら》わしくなり、益川が殺しに来たのではないか。だが、おまえはまだ益川に未練があるので、訴えないといったのではないのか。だが、益川は人殺しだ。隠さなくてもよいだろう」

「…………」

お冬は唇を噛みながら、膝の上の手を見つめていた。

「いいたくないのか？　殺されそうになったのに、なぜ相手を庇う」

「……いまは、いえません。心の整理がついたら、そのときに話します」

お冬はか細い声でいった。意志は固いようだ。

伝次郎は嘆息を漏らした。

「それじゃ、お光のことだ。お光はどこに住んでいるんだ」

直吉郎が話を変えた。

「わかりません。お光はあの人といっしょにいるはずですから……」

声が細くなるのと同時に、お冬の顔がふうっと暗くなった。腰高障子にあたっていたか弱い日の光が消えたからだ。

「居所もわからなけりゃ、見当もつかねえってことか……」

直吉郎は自分の膝をぽんとたたいて、小さなため息をついた。

「お冬、益川を追っているのはおれたちだけではない。他にもいる。そやつらは益川の命をつけ狙っている」

お冬ははっとした顔を伝次郎に向けた。

「そやつらに心あたりはないか」

伝次郎の言葉を受けたお冬は、短く視線を彷徨《さまよ》わせた。

「もしかしたら……」

「なんだ」

伝次郎はお冬を見つめた。

「あの人は人に追われている。自分の命を狙っている人がいるといっていました」

「親の敵を討とうとしていた、下崎勘兵衛ではないか」

「いいえ、その人のことは知りません。あの人は去年の十一月頃だったと思うのですが、浅草聖天町《しょうでんちょう》にある道場で試合をしたといっていました。そのとき五人を打ち負かしたけれど、二人は死んだかもしれない。もし、そうだったら命を狙われるかもしれないと、そんなことを話したことがあります」

「聖天町のなんという道場だ」

「名前は忘れました。でも、あの人は仕返しを恐れていました」

伝次郎はきらっと目を光らせた。自分に闇討ちをかけてきたのは、その道場のものかもしれない。

「お冬、もう一度聞くが、ほんとうに益川とお光の居所はわからねえんだな」

直吉郎だった。

「申しわけありません」

「見当もつかねえと……」

お冬は小さくうなずいた。

「中村さん、これから聖天町の道場に行ってきます」

伝次郎がそういったのは、お冬の長屋を出てすぐのことだった。

「わたしを益川とまちがえて闇討ちをかけてきた三人がそうなら、その三人は益川の行方に見当をつけているかもしれません」

「おれも付き合うか」

「いえ、わたしひとりで間に合うことです。まかせてください。何かわかったら使いを走らせます」

「では、まかせる」

その場で直吉郎と平次の二人と別れた伝次郎は、猪牙舟を夕暮れの川に漕ぎだした。

二

まだ西の空にはうっすらと日の名残があった。だが、群青《ぐんじょう》の空が、その光を奪い去るのは間もなくだろう。六間堀から竪川へ入り、そして大川に入った。

もうさっきの光はなかった。東の空に月が浮かび、満天に星が散りはじめている。

ゆったりとうねりながら流れる大川は、その空を映しはじめていた。

大橋をくぐり抜け、柳《やなぎ》橋のほうに目をやる。町屋のあかりが蛍《ほたる》のように点々と見える。

伝次郎が腕を動かすたびに、艪《ろ》が軋《きし》みをあげる。

ぎぃ、ぎぃ、ぎぃ……。舳はゆったりと波を掻きわける。

浅草御蔵前《おくらまえ》を過ぎる頃には汗をかいていた。漕ぐ手を休め、ときどき汗をぬぐう。

考えることがいくつかある。まずは益川左馬之助の行方であるが、それはこれからの調べにかかっている。気になるのは、お冬のことだ。

なぜ、お冬は名を変えて商売をはじめたのか？　そして、自分を刺した人間のことをなぜ隠すのか？

(とにかく聖天町の道場だ……)

伝次郎は艪を漕ぐ腕に力を込めた。

浅草六軒町《ろっけんちょう》河岸の外れに猪牙舟を舫ったとき、夜の闇は濃くなっていた。六つ(午後六時)は過ぎているだろうから、道場は閉まっているはずだ。

伝次郎は陸《おか》に上がると、そのまま浅草聖天町に足を運んだ。近所のものと思われる男に声をかけ、近くに剣術道場がないか訊ねたが、わからないと首を振る。縄暖簾の居酒屋があったので、その店に入って出てきた女中に同じことを聞くと、表へ出て指さしながら丁寧に教えてくれた。

剣術道場は聖天町には、戸部道場ひとつしかないという。その場所は待乳山《まっちやま》の西側麓にあった。道場の表門に立つと、背後の竹林が風に騒いだ。

道場は当然閉まっている。道場主の住まう母屋があるだろうと思って脇にまわると、案の定、狭い路地の奥にそれらしき建物があった。

玄関に行き訪いの声をかけると、すぐに返事があり、若い女が出てきた。伝次郎は名乗ってから訪問の意図を告げた。女は奥に行ってすぐに戻ってきた。

そのまま玄関そばの座敷に通されると、白髪で小柄な老人があらわれた。老体だが歩き方や姿勢で、足腰がしっかりしているのがわかる。

道場主の戸部十三郎だった。

「益川左馬之助をお探しだと伺いましたが、はて、いかようなことでございましょう」

「直截に申しあげれば、殺しの下手人だからです。ところが行方がわからないばかりか、追う手掛かりをつかむのにも難渋《なんじゅう》しております。調べを進めているうちに、昨年の十一月頃、こちらの道場で試合をし、道場の門弟五人を打ち負かし、二人は死に至ったかもしれないという話を耳にしました」

戸部十三郎の白髪眉がぴくりと動いた。

「益川はそのことで仕返しを恐れている、命を狙われているかもしれないと、連れの女に語っています。心あたりはありませぬか？」

伝次郎は十三郎の目をまっすぐ見る。十三郎も年のわりにはすんだ目で見返してくる。

「心あたり……」

「わたしは益川を探しているときに、一度闇討ちをかけられました。相手はわたしを益川と思いちがいして、斬りかかってきたのです。しかし、そうではないと知り立ち去りました。相手は三人でしたが、この道場のものだったのではと思い伺った次第です」

「いつのことです」

「昨夜でした」

十三郎は短く視線を泳がせてから口を開いた。

「たしかに益川左馬之助と試合をしたことがあります。あのものは、かつて神田の佐伯道場で師範代を務めていた男です。そのとき、我が道場が試合を申し込んだことがあります。しかし、あっさり断られました。その断りを入れてきたのがあの男でした。そのとき、あのものは、こう申しました。自分が佐伯道場の人間でなければ、受けて立つところだが、残念だ。しかし、いずれ腕を試すために相手をしてもらうことがあるかもしれぬから、自分のことを忘れないでくれと。当道場は他流試合を厭《いと》いません。他の道場の門弟と腕を競うことで、自分の力量を知ることになるからです。そして、忘れていた頃に益川があらわれ、立ち合いを望んだのです。その先のことはお聞きになっていらっしゃるようですが、たしかに益川と立ち合った五人のものはことごとく打ち負かされました。二人は後日息を引き取り、他の三人は歩くこともままならぬ体になりました。しかし、その仕返しは禁じております」

「では、益川の命を狙っている門弟はいないということですか」

十三郎はわずかに顔を曇らせ、短い間を取った。

「はっきりいないとはいえないかもしれませぬ。あの一件があってから、道場に姿のものたちが益川を追っていると考えられるのですね」

「そうでないことを願っています。益川左馬之助は恐ろしい練達者です。彼《か》のものたちの手に負える相手ではない」

「戸部殿、そのものたちの居所はわかりますか」

伝次郎はひと膝進めて聞いたが、十三郎の首は横に振られた。

「わからぬのです。ひとりはわたしの甥ですが、しばらく家に帰っておりません。無茶はやめるようにと、家のものに注意をしているのですが、どこにいるやら……」

十三郎は、ふうとため息をついた。甥の家のものも行き先をつかめないでいるのだろう。

「他の二人は？」

「前田監物、佐々木文蔵という門弟です。道場では上のほうですが、相手が相手ゆえ心配でなりません。沢村さんとおっしゃいましたな」

「はい」

「もし、三人に会うことがあれば、止めてくださりませぬか。わたしがそう申していたと伝えてくださいませ」

「その三人を探す手立てがあればよいのですが……」

「手掛かりはなきにしもあらずです。当道場には町人らも通っています。わたしの甥は、その町人を使っている節があります。津兵衛という棒手振の魚屋です」

「そのものの住まいはわかりますか」

十三郎は手を打ち鳴らして、さっきの女を呼び、津兵衛の住まいを調べてこいと命じた。女はわかったとうなずき、奥に引っ込んだ。

「甥御殿の名前は何とおっしゃいますか」

「戸部兵庫助です。益川に負かされた門弟らの敵を討つといったとき、わたしは止めたのですが、聞く耳を持っていませんでした」

十三郎が残念そうに唇を嚙んだとき、さっきの女が戻ってきた。

「わかったかね」

「はい、これがそうです」

女は書付を十三郎にわたした。

三

戸部道場の主・十三郎の家を出た伝次郎は、すぐ舟に戻ると、そのまま川を下った。相手は朝の早い行商人である。明日になれば、町を歩きまわる魚屋を探すのに手間取るのはあきらか。今夜のうちに会うべきだった。

吾妻《あづま》橋をくぐり抜けると、猪牙舟を右岸に寄せていった。そのまま浅草諏訪町《すわちょう》河岸に猪牙舟を舫って、河岸道にあがった。

暗いので小田原《おだわら》提灯をつけて歩く。表通りに出ると、自身番を訪ね、津兵衛の住む丹助《にすけ》長屋がどこにあるかを聞いた。

詰めている番人がすぐに教えてくれたので、伝次郎はそのまま丹助長屋に向かった。表通りから裏道に入った、人通りの少ない小路に木戸口があった。

暗い路地を縦に走るどぶ板に、家々のあかりがこぼれている。津兵衛の家はすぐにわかった。腰高障子に「魚屋　津兵衛」と書かれていたからだ。

「なんでございましょう」

声をかけると、すぐに腰高障子が開き、二十代半ばと思われる男があらわれた。

「津兵衛か」

「へえ」

津兵衛は伝次郎が二本差しの侍だからか、警戒する顔になっていた。

「おれは沢村伝次郎という南御番所の使いだ。おぬしは戸部道場の門弟でもあるな」

「さようですが、いったいなんでしょう」

「戸部十三郎殿におぬしのことを聞いてきたのだが、戸部殿の甥・兵庫助殿を知っているな」

「へえ、そりゃもう……」

そう答えた津兵衛の表情が強ばり、居間に座っている女房をちらりと見て、

「戸部様になにかありましたか？　あ、表で話してもかまいませんか」

伝次郎はそのまま長屋を出た道で津兵衛と向かいあった。

「戸部兵庫助殿を探しているのだが、正直に話してもらわないと困る。困るのはおれではなくおまえのほうだ」

伝次郎は少し脅しを利かせた。津兵衛の顔がますますかたくなった。

「おまえは兵庫助殿の居所を知っているのではないか。前田監物、佐々木文蔵という男もいっしょのはずだ」

伝次郎がにらみを利かせると、津兵衛はあきらかな戸惑いを見せた。逃げるように視線を泳がせもする。

「知っているなら教えろ。その三人が何を企んでいるか、おれは先刻承知だ」

津兵衛は伝次郎に視線を戻した。

「居所はわかりませんが、おそらく深川西町あたりじゃないかと……」

「深川西町のどこだ」

「そ、それはわかりません。あっしは頼まれただけですので……」

伝次郎に一歩詰め寄られた津兵衛は、困惑顔で一歩下がった。

「頼まれた？　何をだ？　益川左馬之助を探すことか……」

「さ、さようです」

「なぜ深川西町だといった」

「昨日、益川左馬之助が深川西町を歩いているのを見たものがいるんです。似ている男かもしれませんが、女と歩いていたというんです。猿江橋をわたって河岸道沿いに東のほうに歩き去ったと……」

伝次郎は一度空を眺めて、津兵衛に視線を戻した。

「益川を見たのはおまえではないのだな？　それは誰だ」

「あっしの仲間です。同じ道場に通っている染物屋の甚作《じんさく》という若い門弟です。そいつが見たといったのを、今日の昼間、戸部様に伝えたばかりです」

伝次郎はピクッと片眉を動かした。

「戸部兵庫助と連れの二人がいまどこにいるかわかるか」

「それはわかりません。ときどき、あっしに使いが来るのですが、その使いはお店の小僧だったり、町の御用聞きです。それで言付けをもらって、会いに行くんですが、いまはどこにいるか、ほんとにわからないんです」

津兵衛は嘘をいっている顔ではなかった。

「今度使いが来たら佐賀町の自身番に届けてくれ。それから、もしその三人と会うことがあったら、益川への仕返しはあきらめるようにきつく伝えるんだ。これはおれからの忠告でもあるし、戸部道場の十三郎殿の言葉でもある」

た。
「これはおぬしとおれの約束だ。違《たが》えてはならぬ」
伝次郎は釘を刺してそのまま立ち去ろうとしたが、すぐに津兵衛を振り返っ
「わかりました」
「もうひとつ聞くのを忘れていた。益川を追っているのは、三人だけか」
「そのはずです」
津兵衛はおどおどした顔で答えた。
伝次郎はそのまま自分の舟に戻ったが、これから深川西町に行こうかどうしよう
か迷った。この時分に夜歩きをしている人間を探すのは難しい。それに益川左馬之
助の顔を、伝次郎は知らない。
舫をほどき、棹を手にし、本所のほうに目をやった。大川を横切る屋形船が一艘
あった。三味の音が川面をわたってくる。どこかの分限者《ぶげんしゃ》が船遊びをしているのだ
ろう。
(いい気なもんだ)
伝次郎は心中でつぶやいて、猪牙舟を流れにのせた。

四

翌朝は雲が広がりはじめ、天気は下り坂だと思われた。それでものどかに鳴く鶯《うぐいす》の声が聞かれるようになっていた。

「もう少し待て」

伝次郎から昨夜の聞き込みをすべて聞いた直吉郎だった。

「益川左馬之助の人相書を作っておいた。もうじき平次が持ってくるはずだ。ま、茶でも飲んで暇をつぶそう」

直吉郎はそういって番人の春吉に、茶のお代わりを注文した。

「益川の似面絵も添えてあるんですね」

「ぬかりねえさ。昨日おめえさんと別れたあとで、平次を絵師といっしょに戸部道場に遣わし、そのあとでお冬にも益川のことをしゃべらせた。おそらくそっくりの大首絵《おおくびえ》になっているはずだ」

「それは大いに役に立つはずです」

伝次郎は直吉郎の手まわしのよさに感心した。じつは益川の似面絵を作るべきだと考えていたのだ。

「それにしても、益川が深川西町にいたというのは、大きな手掛かりだ。それも一昨日のことだ。遠くへ行ってなきゃ、まだそのあたりをうろついているかもしれねえ」

「そうであってほしいもんです」

伝次郎が応じたとき、平次がやってきた。

「持ってきました。あまり数はありませんが……」

平次は人相書を直吉郎にわたしながら、ひと雨来そうですと表を見た。伝次郎も釣られて表に目をやった。たしかに雲行きがあやしくなっている。さっきまでうす曇りだったが、いまは夕暮れのような暗さだ。

「伝次郎、こいつが益川左馬之助だ」

伝次郎は直吉郎から受け取った人相書に視線を落とした。

年は四十。背は並みより少し高く、どちらかというと細身。色白で切れ長の目、うすい唇。

「平次、何枚摺ってきた」

伝次郎は人相書から顔をあげて聞いた。

「二十枚ほどです。摺り師が風邪で寝込んでいたんで、摺らせるのに往生しまして、それがやっとです」

「いいだろう。益川の居所の目星はついている」

直吉郎が人相書の束を懐にしまっていった。

「どういうことです？」

平次が直吉郎と伝次郎を交互に見た。

「一昨日、益川に似た野郎が深川西町で見られている。女といっしょだったそうだ。それがまちがっていなきゃ、連れの女はお光だろう。とにかく今日はそっちを虱《しらみ》つぶしにあたる。伝次郎、人相書は何枚いる」

「五、六枚もあれば足りるでしょう」

「それじゃわたしておこう」

伝次郎が六枚を受け取ったとき、ぼつぼつという音が表でした。雨が降りはじめたのだった。大粒の雨が乾いた地面に黒いしみを広がらせ、次第に降りが強くなった。

「こんなときに降りやがるとは……」

舌打ちをした直吉郎は番人に傘を貸せといった。

春吉がすぐに三人分の傘を貸してくれた。

「中村さん、おれは深川西町の東をあたろうと思います」

「いいだろう。何かあったらことだから、猿江橋のそばの番屋を連絡《つなぎ》の場にしておこう。その旨《むね》、おれが話をしておく。この雨だが舟を使うのか？」

「そっちのほうが早いんで」

「それじゃ、おれたちを途中まで乗せていってくれ」

伝次郎は下之橋《しものはし》そばに置いていた猪牙舟に乗り込むと、直吉郎と平次を乗せて一度大川に出た。

流れに逆らいながら小名木川の河口にかかる万年橋をくぐり抜ける。水面をたたく雨滴が、飛沫《しぶき》をあげて波紋を広げていた。川の先だけでなく、近くの町屋も雨に烟《けぶ》っていた。

直吉郎と平次は舟の中に座ったまま傘をさしているが、伝次郎は菅笠《すげがさ》だけなので、あっという間に濡れ鼠になった。だが、雨には慣れているし、隠し戸の中には着替えもあった。それに、雨など気にしているときではない。

雨のせいもあるだろうが、直吉郎はずっと黙り込んでいた。ときどき、人相書を眺めるのは、頭の中に益川の顔を刻み込むためだ。

伝次郎は新高橋の手前で、直吉郎と平次を下ろした。

「中村さん、おれは下大島町《しもおおじまちょう》まで行って戻って来ますが、舟は大島橋のそばに留めておきます」

「わかった」

そのまま伝次郎は舟を出した。下大島町は小名木川北岸の町屋で、その先は百姓地となる。聞き込みには人相書があるので、何か手掛かりがつかめそうな気がしていた。

(それにしてもいやな雨だ)

伝次郎は猪牙舟を進めながら内心で毒づいた。

小粒になった雨は、斜線を引いていた。

五

「ねえ、左馬さん」

二階の窓辺で表を眺めていたお光が振り返った。

「なんだ？」

「いつまでここにいるのよ。つまんないわ」

お光はちょいと口をとがらせていう。そういうところは、姉のお冬にない可愛さだ。それに苦労を苦労と思わず大人になったせいか、暗い陰がない。物憂い顔に、苦労の翳りを見せるお冬とは大きなちがいだった。

「そうさな。慌てて生き急ぐことはないから、もう少しのんびりしていようではないか。向後のことはゆっくり考えればよかろう」

「ま、なんてのんきなことを……」

お光はさっと窓を離れるなり、左馬之助のそばに座った。

「何も慌てることはなかろう。金に不自由はしておらぬのだ」

「そんなお金、すぐになくなってしまいます。向後のことをゆっくりだなんて、そんな悠長《ゆうちょう》なことをいっていたら、あっという間に来年になってしまうわ」

「ハハハ、おかしなやつだ。誰も来年までのんびりしているとはいっておらぬ」

「それじゃ、いつまでいるの？」

お光は顔を近づけてくる。化粧をしていないが、肌には張りがあり、すべすべとなめらかだ。ときに悪知恵をはたらかせる女とは思えぬ、黒い瞳がすんでいる。

「うむ。あと半月ばかり、このあたりで過ごそうか」

お光はハーと、大きな嘆息を漏らしながら、身を引いてぺたんと座り、恨めしそうな目で見てくる。

「こんな江戸の端っこに、あと半月もいるんですか。どこがおもしろいのです」

「おもしろい、おもしろくないということではない。こういう風情のあるところで、しばらく骨休みをするのも悪くないと思っているのだ」

左馬之助は雨に烟っている窓の外の景色を眺めた。

そこは深川上大島町《かみおおじまちょう》にある小さな旅籠だった。行商人が主に利用する宿だが、近くに大名家の下屋敷がいくつかあるので、国許から来た家来たちの一時宿泊所にもなっていた。

行商人の多くは下総《しもうさ》や利根川《とねがわ》筋の仲買や百姓である。この時季は農作物の収穫が乏しいのか、泊まり客は少なかった。

左馬之助はゆっくり煙管をくゆらせ、窓の景色を眺めつづける。静かである。雨音が耳に心地よい。

小名木川の向こうには八右衛門新田があり、その近くには常陸笠間《ひたちかさま》藩、三河吉田《みかわよしだ》藩などの大名家の下屋敷や抱え屋敷が六つほどあった。

雨のせいで小名木川を行き交う舟の数も少ない。下総行徳《ぎょうとく》と日本橋小網町をつなぐ、行徳船と呼ばれる便船がさっき通ったばかりだ。

屋根のそばにのぞく柳の葉が、風を受けてゆっくりしなっていた。

「ねえ左馬さん、何をぼんやりしているの？」

声をかけられた左馬之助は、静かな眼差しをお光に向け、煙管を灰吹きに打ちつけた。

「これでもいろいろ考えることがあるのだ」

「考えることばかりね。半月もいるといったけど、ずっとこの旅籠に半月もいる気じゃないんでしょうね」

「そうさな」

「この辺にはもう旅籠なんてないのよ」

どうやらお光はこの地を気に入っていないようだ。面白みに欠ける町だから、退屈なのだろう。

「では、北へ向かうか……」

「北……」

お光は目をしばたたく。

「さよう。横十間川沿いに北へ行けば、竪川にぶつかる。そこにも町屋はある。こよりましな町屋だ。もっと先に行けば亀戸《かめいど》だ」

「亀戸……天神様のあるところね」

お光の目が輝いた。

「だが、考えなければならんのだ。島崎町の家を出たのにはわけがある」

「いわれなくても知っているわ。姉さんのことでしょう」

「それもあるが、おれを探している男がいた。それもこんなものを持っていやがった」

左馬之助は懐から、小さくたたんだ紙を取りだして開いた。

「なに？」

両手をついてのぞき込んだお光の目が見開かれた。

「姉さんじゃない。どうしてこんなものを……」

お光は驚き顔で、似面絵と左馬之助を交互に見比べる。

「おそらくおれを探すために、お冬の似面絵を作ったのだろう」

「なぜ、そんなことを？」

「おまえには話していなかったが、親の敵だといっておれを討ちに来た男がいた。おれはそやつのことに気づいていたが、関わらないようにしていた。だが、見つかってしまった。相手はおれを殺しに来た男だ。黙っているわけにはいかない。だから斬り捨てた」

「いつ、そんなことを……」

お光はぽかんと口を開けた。

「ついこの間、島崎町の家を出る前だ。おれは返り討ちにしたのだが、それは殺しだ。当然、町方が動いている」

「見た人がいるの」

「いる。相手は自分のことを名乗り、おれの名前も口にした。聞いたものは何人もいる。それに相手の身許が調べられれば、自ずとおれのことは知れる。だから下手に動きまわれないのだ」

お光はふうと小さなため息を漏らし、あきれたような顔で左馬之助を眺めた。

「だから、こんなところにいるのね」

「しばらく様子を見なければならぬ。町方を甘く見ていると、とんでもないことになる」

「戸部道場の門弟も、左馬さんに仕返しをしようとしているのではないの？」

「そういうこともあるだろうが、そっちははっきりしてはおらぬ。仕返しに来たところで取るに足りぬ愚かなことだ。お冬のことからおれを探そうとしても、縁は切っている。おれの居場所はわからぬ。それより町方が厄介だ」

「捕まったらどうなるの」

「死罪は免れまい」

お光は顔を凍りつかせた。

「酒でも飲むか。帳場に行って頼んできてくれ。あ、そうだ。うまい豆腐が食いたい。この宿のそばに、たしか豆腐屋があった。あの店で買ってきてくれぬか」

「わかりました。それじゃすぐに買ってきます」

お光はそのまま立ちあがると、客間を出て行った。その足音が遠ざかり、左馬之助の耳には雨音だけが聞こえてきた。

六

伝次郎は下大島町の東端まで行って足を止めた。

その先には百姓地が広がっている。まっすぐ行っても中川の土手にぶつかるだけである。

小名木川の対岸には大名家の屋敷、そして伝次郎の左側には百姓地が雨に烟っている。人家はあるにはあるが数えるほどだ。

(まさか、百姓家《ひやくしようや》を……)

益川が塒《ねぐら》にしているとは思えない。たとえそうだとしても、それはあとの調べにすべきだった。

伝次郎は来た道を引き返した。小名木川沿いの店に声をかけ、益川左馬之助の人相書を見せたが、心あたりのあるものはひとりもいなかった。

だが、こういった聞き込みはあきらめずに何度もやるべきだと、経験則で知っている。直接聞いた人間でなく、その他のものが知っていることがある。今度はその「他のもの」への聞き込みである。

それにしても雪駄も着物も雨に降られてじっとり濡れていた。少し休んで乾かす必要がある。それに喉も渇いていた。

伝次郎は数軒の店に聞き込みをしたあとで、下大島町と上大島町の境にある一軒の茶屋に入った。

「さっきのお侍様ですね」

茶を運んできた小女《こおんな》は、伝次郎のことを覚えていたようだ。ついさきほど立ち寄って、大年増の女に声をかけたとき、そばにいた女だった。

「お探しの人は見つかりましたか?」

小女は茶を置きながら声をかけてくる。そばかすの多い人なつこい顔に、好感の持てる笑みを浮かべていた。

「なかなか見つからぬ」

「その人、何をしたのです」

「人殺しだ」

小女はキュッと肩をすぼめて、「怖《こわ》ッ」と声を漏らした。

「それじゃお侍様は、御番所の方なんですか……」

今度は畏まって聞いた。伝次郎は口辺に笑みを浮かべ、曖昧《あいまい》にうなずいた。それで小女は納得したらしく、ご苦労様ですといって店の奥に下がった。

伝次郎は茶を口に含んだあとで、髷や濡れた肩を手ぬぐいで拭き、じっとり濡れている着物の裾を屈むようにして絞った。

そのとき、近くの店から出てきた女がいた。一度まわりを見て傘をさし、伝次郎のいる茶屋とは反対のほうに歩き去った。女は小さな丼を抱え持っていたのだが、片手で傘をさしているので持ちにくそうだった。

しかし、伝次郎が気にしたのはそのことではなかった。誰かに似ていると思ったのだ。

（誰だ）

内心で疑問をつぶやき、身を乗りだして女の後ろ姿を眺めた。やがて、その女は一軒の商家に入って姿を消した。

伝次郎は通りに目をやり考えた。雨のせいもあるのだろうが、町中とちがって歩く人の姿が少ない。伝次郎は商家に消えた女の姿を頭の中で考えた。ちらりとこちらを見たときの面差しと背恰好である。女は藍染めの着物に鶯色の帯を締めていた。

身なりは悪くなかった。

それなのに女の髷は、髪梳《す》きや洗い髪のあとでよくやるじれったい結びだった。その髪型はすれっからしにも見えるので、品のある着物には不似合いだった。

伝次郎は茶を含んで、また女が消えた商家のほうに目を向けた。

「あっ……」

小さな声を漏らしたのは、茶にもう一度口をつけて湯呑みを床几に置いたときだった。

（お光だ）

心のつぶやきは確信に変わりつつあった。女はお冬にどことなく似ていた。顔もそうだが、体つきも似ていた。姉妹なら不思議はない。

伝次郎は茶代を置くなり、すっくと立ちあがり傘をさして雨中に出た。ほどなく足を進めて、女が消えた商家を見た。「島田屋」という旅籠だった。

もしお光だとすれば、益川左馬之助とこの旅籠に泊まっているはずだ。

伝次郎の目が鋭い光を帯びた。傘の庇《ひさし》をあげて、二階を見る。客間は四つ。裏にもあるかもしれないが、小名木川に面している客間のひとつの窓が開いている。

伝次郎は「島田屋」の軒庇に入り、傘をすぼめて暖簾をくぐった。土間先の帳場にいた男がいらっしゃいませと声をかけてきた。

「訊ねたいことがある。大きな返事はしなくてよい。これへ」

低声でいうと、帳場の男は少し緊張気味の顔でそばに来て膝をついた。

「番頭だな」

「さようですが、何かご用でしょうか」

「おれは沢村伝次郎という南御番所の使いのものだ。客の中に女連れの侍がいないか」

「いらっしゃいますが……」

「もしや、この男では」

伝次郎は益川左馬之助の人相書を見せた。

とたん、番頭の目が大きく見開かれた。

「いるのだな」

「でも、名前がちがいます。お泊まりの方は岡田様とおっしゃるのですが……」

もう伝次郎にはぴんと来た。益川左馬之助は、岡田康次郎という偽名を使って泊まっているのだ。

「番頭、騒ぐな。いつもと変わらぬ顔でいるのだ」

「ど、どうされるのです？」

「引っ捕らえるが、いますぐではない。益川はいつまで泊まることになっている？」

「しばらく留まるとおっしゃっていますが……」

「よし、このことは黙っていろ」

伝次郎が低く強くいったとき、階段に足音がして、女が途中で小腰を折って立ち止まって声をかけてきた。

「あら、お客さん」

さっきの女だった。つまりお光だ。

「あ、いえ。なんでございましょう」

「お酒をもう一本つけてもらいたいの。いい、頼んだわよ」

「は、はい。すぐにお持ちします」

お光はちらりと伝次郎を見てから、二階に戻っていった。

「番頭、いまのはお光というのではないか」

「よくご存じで。さようでございます」

やはりそうだったと、伝次郎はさらに気を引き締めて問いを重ねた。

「泊まり客は他に何人いる」

「五人ですが、みなさん朝早くお出かけになっていまして、お帰りは夕方です」

これは好都合である。

他の客が戻ってくる前に益川左馬之助を押さえることができる。

伝次郎はすぐにでも、益川左馬之助のいる客間に乗り込みたい衝動に駆られていたが、すんでのところで気持ちを抑えていた。

こういったときは慌てずに、満を持して取りかからなければならない。早まったがゆえに、ことをし損じることはままあることだ。

「番頭、すぐに戻ってくるが、おれが来たことはいうでないぞ」

「あ、はい」

伝次郎はそのまま「島田屋」を出ると、直吉郎と連絡を取るために、猿江橋そばの自身番に足を急がせた。

七

「泊まり客か」

左馬之助は二階の客間に戻ってきたお光から話を聞いて眉宇をひそめた。

「どうかしら……でも、変な感じの侍よ」

お光はじれった結びを丸髷にしようと、壁際でいじっている。

左馬之助は窓の外で斜線を引いて降る雨を凝視した。

町方かもしれない。いやな胸騒ぎを覚えた。追われるものの勘は、こういうとき鋭敏になっている。

「お光、その侍には連れがいたか」

「連れ……」

お光は髷を結う手を止め、短く思いだす顔になって、いなかったと思うといった。

町方の同心なら、身なりでわかるので、お光もそういうはずだ。しかし、町方の手先ということもあるし、黒紋付きの羽織を着ない隠密《おんみつ》同心もいる。

左馬之助は落ち着かなくなった。腰をあげると、窓辺に行き、身を乗りだして河岸道を眺めた。人の姿は少ない。傘もささずに釣り竿を肩で支え持った男が、裸足《はだし》で小走りに中川のほうに去ったぐらいだ。

元の場所に戻ると、階段に足音があり、女中がやってきた。

「お待たせいたしました。お醬油も持ってきましたので、どうぞお使いください」

女中はそういって、盆ごと銚子と醬油差しを部屋の中に入れた。

「気が利くわね」

髪を丸髷に結い終わったお光が女中を褒める。

「だって、お豆腐を切っただけじゃいただけないでしょう。さっき、うっかり忘れたんですよ」

「助かるわ」

お光が応じるのと同時に左馬之助が言葉を重ねた。

「女中、番頭を呼んでくれるか」

「番頭さんですね。はい、わかりました」

女中はそのまま一階に下りていった。

「はい、お酌」

「さっきの侍だが、町方には見えなかったか？」

左馬之助は酌を受けながらお光を見る。

「見えなかったわ。浪人じゃないかしら。体が大きくてちょっと強面《こわもて》だったけど、左馬さんどうかしたの」

お光はそういって、訝しそうに左馬之助を見た。

「気になっただけだ。それにしてもこの雨はしばらくはやまぬな」

左馬之助は盃を口に運んだ。

「いつまで、ここにいるの。わたし、亀戸に移ってもいいわ」

「…………」

「いっそのこと家を借りちゃったらどうかしら」

お光が言葉を足したとき、二階に上がってくる足音があり、開け放した障子の外に番頭があらわれた。

「何かご用でございましょうか」

番頭は丁寧に頭を下げていう。

「ちょいと入れ」

左馬之助がうながすと、番頭はおずおずと客間に入ってきた。それに、何かを恐れるように目がおどおどしている。

「聞きたいことがある。ついさっき侍が訪ねてきたそうだな。どんな用件だったた？」

左馬之助は番頭を凝視する。

「あ、あのことでございますか。いえ、その部屋は空いているかと、お訊ねになったのです」

「それで、なんといった」

「空いていますとお答えしますと、あらためて来るとおっしゃいました」

「ただ、それだけか……。番頭、何をビクついている。その侍はほんとうに空き部屋のことを聞いたのだな。嘘をいったら勘弁せぬぞ」

左馬之助は刀を引き寄せ、そのまま鯉口《こいぐち》を切った。それを見た番頭の目が大きく開かれ、顔を引きつらせた。

「いえ、何を話したのだ」

左馬之助はさっと空いている手で、番頭の襟《えり》をつかんだ。

「お、岡田様のことをお訊ねになったんです」

左馬之助は切れ長の目をくわっと見開いた。

「それで？」

「いらっしゃいますと。く、苦しいです。放してください」

番頭は泣きそうな顔をした。

「他にはなにを聞かれた。そやつは何者だ。聞いているならいうんだ。嘘をいったら容赦せぬ」

左馬之助はそのまま突き放すと、刀を抜いた。尻餅をついた恰好になっている番頭は、鋭い光を発する刀を見て怖気《おぞけ》だった。

第六章　春雷

一

「お立ち寄りになっただけで、まだお戻りではありません」

深川西町の自身番だった。伝次郎の問いに、書役はのんびりした顔で答えた。

「中村さんがいまどのあたりにいるかわかるか」

「それは、ちょっとわかりかねますが、何かございましたので……」

書役はやっと緊張の面持ちになった。

「では、中村さんが戻ったらこう伝えてくれ。追っている益川左馬之助を見つけた。上大島町の『島田屋』という旅籠にいると」

「承知いたしました」

伝次郎はそのまま自身番を出た。

傘をさしながら、河岸道を眺める。傘をさして歩く商家の奉公人が数人、風呂敷包みを片手で抱え持った町屋のおかみらしい女が新高橋をわたってきていた。目を転じると、猿江橋の向こうにある舟会所のそばから渡し舟が出たところだった。行商人らしい男が二人乗っているだけだった。

しかし、河岸道に直吉郎と平次の姿はなかった。伝次郎はそのまま「島田屋」に引き返すことにした。

雨は降りつづいていてやむことを知らない。河岸道のところどころにできている水溜まりに、いくつもの波紋が広がり、すぐに消えてはまた新たな波紋が生まれていた。

伝次郎は直吉郎たちがやってくるまで、「島田屋」を見張る肚《はら》づもりだ。その前に益川左馬之助が動けばひとりで押さえるしかない。

肚をくくった伝次郎は唇を引き締めた。

「島田屋」の隣は小さな漬物屋で、反対側はいろんな商品を扱っている万屋《よろずや》だった。その万屋の隣に畳屋があった。伝次郎は畳屋の軒先に出ている床几を借りようと思った。

その前に「島田屋」に顔を出した。帳場に座っていた番頭が、暖簾をぐってきた伝次郎を見て、びくっとした顔を向けてきた。

「さっきのことだが……」

「そ、そのことでございます」

伝次郎の言葉を遮った番頭は、慌てた様子で帳場を出てきた。

「あの人たちはついさっき出て行かれました」

「なんだと」

「その、あのあと岡田様、いえ益川様に呼びつけられ、刀で脅されて沢村様のことをあれこれ聞かれたんでございます。殺されてはかなわないので、沢村様が益川様を探しているとつい漏らしてしまいまして、申しわけございません」

番頭は深々と頭を下げた。

「それで二人はどっちへ行った」

「裏口から釜屋《かまや》堀のほうへ抜けられました」

伝次郎はさっと背後を振り返った。釜屋堀とは小名木川から北の竪川までの、横十間川のことをいう。

表に飛びだした伝次郎は傘をさして足を速めた。歩きながら河岸道の先を見るが、直吉郎と平次の姿はなかった。

こうなるとひとりで捕まえるしかない。益川は抵抗するだろうから、おそらく斬り合いになること必至だ。

斬られなければ、斬り捨てる――。

伝次郎はその覚悟をした。音松の敵討ちでもある。

横十間川に架かる大島橋の手前を右に折れた。そこから竪川までの流れを釜屋堀と土地のものは呼んでいる。鋳物師《いもの》の釜屋の工房があるからだが、上大島町には釜座も作られていた。

伝次郎は歩きながら尻を端折った。先の道に人の影はない。町屋を過ぎればすぐに百姓地で、そのほとんどは畑地だ。畑のところどころに立木があり、小さな林もある。

平坦な土地ではあるが、人の姿を隠す多少の起伏がある。伝次郎は百姓地に目を注ぐ。獲物を探す鷹のような目である。

(いない)

もう一度、釜屋堀沿いの道を見る。「島田屋」の番頭は、益川左馬之助とお光が出て行ったのは、ついさっきといった。

伝次郎が自身番に向かっているときなら、見失っている可能性がある。自身番から引き返してくるときなら、姿を見てもいいはずだ。

畦道《あぜみち》のような河岸道を急ぐ。水を吸った柳の葉が重そうにたれている。

小さな地蔵堂の前を通り過ぎたとき、先の畑道から出てきた人影があった。伝次郎は、はっと目をみはった。

飛びだしてきた影が刀を構えて下がっていたからだ。その背後は釜屋堀である。さらにもうひとり男が出てきた。その男は釜屋堀に背を向けている男と、短く刀を打ち合わせると、すぐに身をひるがえして袈裟懸けに振った。

(なんだ……)

伝次郎は胸中でつぶやくと、傘を投げ飛ばして駆けた。

「益川、覚悟!」

その声は新たに脇の道から出てきた男のものだった。

がっちりした体つきで、総身に殺気をまとっているのが、遠目にもわかった。その男がまた声を発した。

「前田、佐々木、ぬかるなッ！」

伝次郎は気づいた。戸部道場の門弟だ。益川左馬之助と対峙しているのは、戸部兵庫助にちがいない。

「やめろ、やめるんだ！」

伝次郎が忠告の声を発したとき、兵庫助と益川の体が交叉《こうさ》した。二人が同時に撃ち込んだのだ。

しかし、両者はすぐさま振り返って、青眼の構えになった。益川の後ろからもうひとり別の男があらわれた。

（いかん）

伝次郎はさらに足を速めた。

益川の後ろからあらわれた男が、上段から刀を撃ちおろした。そのまま背中を斬られるところだったが、益川は俊敏に右へ飛びのきざまに刀を振って反撃した。だが、その一刀は相手には届かなかった。

益川は腰を低く落とし、正面に立った男三人に剣尖を向け、隙を窺っている。

「何をしている、やめるんだ！」

伝次郎が声を張ると、兵庫助がちらりと見てきた。

「邪魔立て無用ッ」

「そやつは人殺しだ。おぬしらの相手ではない」

「そんなことはわかっておる。……なんだと」

言葉を返して見てきたのは、以前会った長身痩軀の浪人だった。前田という浪人だ。そして、もうひとりも見ている。

「や、おぬしら……」

伝次郎は驚きの声を漏らしたが、益川が兵庫助に突きを送り込み、さっと引き下がって大きく間合いを取って離れた。

「左馬さん、こっちよ！」

今度は女の声だった。益川はその女のほうに逃げるように駆けた。

「逃がすな。追うんだ！」

兵庫助の声で、他の二人があとにつづく。

伝次郎はその三人を追ってまた駆けだした。

二

お光が、早く早くと益川左馬之助を急がせるように手招きをしている。それは中《なか》之《の》郷出村《ごうでむら》の鎮守・愛宕《あたご》神社の鳥居の下だった。

追う戸部道場の三人は、はねを飛ばしながら追いかける。伝次郎がそれにつづく。

益川が鳥居をくぐって境内に入った。

つづいて、戸部道場の三人が境内に駆け込む。伝次郎もそれにつづいたが、すぐに足を止めなければならなかった。

長身痩軀の前田監物が行く手を阻むように立ち塞がり、刀を向けてきたからだ。

「きさま、何者だ。無用な邪魔立ては許さぬ。益川の仲間ならなおのことだ」

殺気立っている前田監物は目を血走らせている。どうやら伝次郎を覚えていないようだ。着衣がちがうせいかもしれない。

「おぬしらが益川左馬之助を探しているのは存じておるが、手出し無用だ」

「何をッ……」

監物は青眼に構えて間合いを詰めてくる。

「おぬしは戸部道場の前田監物、そうだな」

監物の片眉が驚いたように動いた。

「そして、あそこにいるのが道場主の甥御・戸部兵庫助、もうひとりは佐々木文蔵であろう」

「なんで、そんなことを知っていやがる」

答えながら監物は間合いを詰めてくる。伝次郎は刀の柄に手を添えているだけだ。だが、いざとなればすぐに抜ける。

「おぬしらが益川の命を狙うわけはわかっている。しかし、手を出してはならぬ。道場主・十三郎殿からさような言付けを預かってきた。きつく申し伝えてくれと」

「なに先生が……」

「刀を引け。益川左馬之助はおれにまかせるのだ」

「きさま、何様の……」

監物はそこまでいって、「おや」という顔をした。

「きさま、どこかで会ったか……」

伝次郎は答えずに、とにかく刀を引いて、道を開けろと命じた。そのとき、拝殿の前で刀の打ちあう音がした。

見ると益川左馬之助が下段に構えて、対峙している兵庫助と佐々木文蔵との間合いをじりじりと詰めている。

そこには針でつつけば、張り裂けそうな緊迫した空気があった。揃ったようにみな雨に濡れそぼっている。お光が拝殿の陰に体を隠して成り行きを見守っていた。

「なにをいおうが、邪魔をするなら斬る」

監物はそういうなり地を蹴って斬り込んできた。伝次郎は目にも留まらぬ速さで抜いた愛刀で監物の刀をすりあげて、突き飛ばすように押し返した。

たたらを踏んで立ち止まった監物は、さらに険悪な形相になっていた。歯を剝きだし、血走らせた目を吊りあげている。

「きさまッ」

監物はいうなり、刀を右からそして左から連続で撃ち込んできた。伝次郎は間合いをはかってかわす。刀が届かない監物は自棄《やけ》になって追い込んでくる。

「おりゃッ！」

監物が気合い一閃、渾身《こんしん》の一撃を撃ち込んできた。

伝次郎はひょいと腰を屈め、同時に右足を前に飛ばしながら刀を横薙《な》ぎに振り切った。どすっと、鈍い音がした。棟《むね》打ちで横腹をたたくつもりだったが、どうやら刀は帯をたたいただけのようだ。

だが、その衝撃は尋常ではない。監物はたまらずにうめいて、片膝をついた。それでも必死に歯を食いしばって伝次郎をにらんできた。

「これまでだ」

伝次郎はそう吐き捨てると、拝殿前でにらみあっている三人の近くまで行った。

「戸部兵庫助、佐々木文蔵、刀を引け。益川の相手はおれにまかせるのだ」

伝次郎が声をかけると、兵庫助と文蔵がちらっと顔を向けてきた。左馬之助も戸惑ったような顔をしたが、緊張は解いていない。

伝次郎はつづけた。

「拙者は南御番所の手の者。故あって益川左馬之助を捕らえなければならぬ。邪魔立ては遠慮願う。それに、戸部十三郎殿から益川に手を出してはならぬという言付けを預かっている」

「なに……」

兵庫助が益川左馬之助との間合いを外して伝次郎を見た。

「益川を狙うそのわけは知っている。だが、手を出してはならぬ。道場での試合の恨みを外で晴らしたとしても、それはただの殺しにしかならぬ。つまり罪人になるということだ。手を引け、引くんだ」

兵庫助は文蔵と顔を見合わせた。

その一瞬の隙を逃さず、益川左馬之助が拝殿の裏に駆けた。伝次郎はすぐさま追いかけようとしたが、目の前に佐々木文蔵が立ち塞がった。

「戸部様、こっちはおまかせくだされ」

というなり、撃ち込んできた。

伝次郎は半身をひねってかわした。だが、文蔵はすぐに攻撃の態勢を整え、参道の踏み石を蹴ると、逆袈裟に斬り込んできた。

キーン！

文蔵の一撃は、伝次郎の刀に撥ね返された。

大きな銀杏《いちょう》の木に止まっていた鴉が、カーカーと鳴き騒ぎ、どこかへ飛び去った。

「御番所の手先だろうが、邪魔はさせぬ」

文蔵はそういうなり、また斬り込んできた。伝次郎は右に体をひねってかわした。ところが、すぐ目の前に別の黒い影が立ち、いきなり撃ちかかってきた。痛みが回復した前田監物だった。伝次郎はとっさに右に飛んでかわし、今度は監物の刀を打ち落とした。

「あっ……」

監物が驚いたように伝次郎を見る。だが、伝次郎は横合いから撃ち込んできた文蔵の相手をしなければならなかった。

文蔵の刀をすり落とすと、さっと体を寄せて思いきり鳩尾《みぞおち》に柄頭《つかがしら》をたたき込んだ。

「げふぉッ……」

虚をつかれた文蔵は後ろによろめき、狛犬《こまいぬ》の台座に背中を打ちつけて、ずるずると尻餅をついた。

伝次郎はその文蔵から即座に、監物に体を向けなおした。

斬り込んでこようとしていた監物だが、伝次郎と正対すると急に臆したように下がった。

「今度邪魔をしたら、斬る」

伝次郎は忠告して、益川左馬之助が逃げた拝殿の裏に走った。

三

神社の裏に出た伝次郎は、そこで立ち止まるしかなかった。人の姿がどこにも見えなかったからだ。

眼前に広がっている百姓地には、益川左馬之助の姿も戸部兵庫助の姿もなかった。お光もいない。周囲の景色はすべて雨に烟っている。

「どこだ……」

つぶやきを漏らしながらあたりを見まわす。呼吸が乱れていた。冷たい雨が空気を冷やしたらしく、吐く息が白くなった。それに着物はすっかり濡れきっていた。

呼吸を整えながら釜屋堀に足を向けたとき、ピカピカッとあたりがあかるくなった。空を見ると、青い閃光が走っていた。

同時にばりばりっと空を割るような音がひびき、遅れてドカーンと耳をつんざく雷鳴が轟《とどろ》いた。

釜屋堀沿いの道に人の影が浮かんだのはそのときだった。お光だ。

伝次郎はすぐに駆けだした。しばらく行ったとき、堀沿いの道に益川左馬之助と戸部兵庫助の姿があらわれた。

追われる左馬之助は立ち止まると、追ってくる兵庫助を振り返り、刀を八相に構えた。

兵庫助も立ち止まり、青眼に構えて間合いを詰めてゆく。

「やめろ、やめるんだ」

伝次郎は声をあげようとするが、それはやっと口から漏れる程度で、二人には届くはずもなかった。ハアハアと乱れた自分の呼気が声を邪魔している。

雨は音を立てて大地をたたきつづけている。ときおり稲妻が走り、雷鳴がひびきわたる。

畦道を駆ける伝次郎はときおり、すべりそうになった。いや、すべって両手をつくこともあった。それでもすぐに立ちあがり、歯を食いしばって二人の戦いを止めに走る。

兵庫助の腕がいかほどのものであるかわからないが、これまでの話を聞くかぎり左馬之助の腕は尋常ではない。

その二人が激突するように刀を交えている。撃ちあっては離れ、また間合いを詰めていた。近くに立っているお光が何かを必死に叫んでいる。

伝次郎が釜屋堀沿いの道にやっと出たとき、左馬之助が兵庫助に突きを送り込んだ。兵庫助はうまくかわしたが、すぐさま左馬之助のつぎの一手が襲いかかった。上段からの袈裟懸けだった。

（斬られた）

伝次郎ははっとなって目をみはった。

兵庫助の体から鮮血が迸る絵が頭に浮かんだが、実際はそうならなかった。兵庫助は脇の藪の中に転がっただけだった。

「益川、やめろ！　やめるんだ！　そこまでだ！」

伝次郎は乱れた呼吸を抑えて、必死に声を張った。

左馬之助が刀を右八相に構えたまま見てくる。お光が何かをいった。左馬之助はそっちを見ると、お光にうながされるようにあとを追って駆けだした。

それは釜屋堀にわたしてある橋だった。その先には幕府が管理している広大な材木蔵がある。伝次郎は刀を片手に提げたままあとを追おうとした。しかし、藪に転がっていた兵庫助が道に戻ってきて、刀を向けてきた。

「きさまに邪魔はさせぬ」

厳めしい顔でにらんでくる。雨と乱闘で髷は乱れきっている。顔は汗と雨にまみれているが、その目は尋常ではなかった。

(こやつ、おかしくなったか)

そう思わせるような目つきだった。

「やつは身共《みども》らの敵、ここから先には行かせぬ」

「益体《やくたい》もないことを……どいてくれ」

「どかぬ！」

兵庫助は喚《わめ》くなり斬りかかってきた。

伝次郎は切っ先を右へ打ち払って、下段の構えを取った。

「益川はきさまが相手にできるようなやつではない。道場剣法と実戦はちがうのだ。しかも、やつは少なくとも人を三人は殺している。人を斬ったことのあるものと、そうでないものにはそれなりの腕のちがいがある」

「黙れッ！」

兵庫助は青眼に構えて詰め寄ってくる。両肩が激しく動いている。

「戸部十三郎殿からの言付けがある。益川には手を出してはならぬ。そのことをきつくいってくれと頼まれている」

兵庫助の眉が大きく動いた。

「きさま、先生に会ったのか」

「いいからそこをどけ」

伝次郎はいいながら釜屋堀の向こうを見た。左馬之助とお光が橋をわたったところだった。

（このままでは逃がしてしまう）

伝次郎は警戒しながら足を踏みだした。兵庫助は下がろうともしなければ、脇に避けようともしない。

「どかぬか……」

伝次郎が静かな声を漏らしたとき、兵庫助が裂帛《れっぱく》の気合いを発して地を蹴った。

泥水が撥ね散り、白い刃が雨を切り裂きながら撃ちおろされてくる。ピカッと光った稲妻を刃がはじき返す。

伝次郎はわずかに腰を落とし、左足を踏み込み、体をやや斜めに倒しながら剣先を自分の背後に向けた。当然、柄頭は前方にある。

兵庫助の白刃が肩先をかすめたと同時に、伝次郎は柄頭を兵庫助の鳩尾にめり込ませた。

「げふぉッ……」

兵庫助の体が二つに折れる。空を斬った刀を杖にして持ち堪《こた》えようとしたが、そのまま泥濘《ぬかる》む道に倒れた。

伝次郎はそのとき橋に向かって駆けだしていた。だが、左馬之助とお光の姿は消えていた。それでも追うのをやめるわけにはいかない。二人はこの近くにいるのだ。

橋をわたったすぐ先に高札《こうさつ》があった。

——此御材木蔵屋敷之内之、御用なき輩一切出入すべからざる事

御公儀の注意文である。

材木蔵の周囲には丸太の矢来《やらい》がめぐらされており、それが人の侵入を阻んでいる。しかし、その気になればいともあっさりと入ることができる。

伝次郎は材木蔵の中に注意の目を配り、さらに竪川のほうにも目を向けた。竪川の手前は火除地《ひよけち》になっている。

竪川をわたるには、火除地を西へ行き、四ツ目之橋をわたるしかないが、兵庫助の相手をしている間に、左馬之助とお光がそっちに行ったとは考えにくい。そんな時間はなかったはずだ。

（と、すれば……）

伝次郎の目は自ずと材木蔵の中に向けられる。

四

直吉郎は平次を伴って深川西町の自身番を出たところだった。猿江橋を急ぎ足で

わたると、小名木川の河岸道を小走りになった。

「平次、伝次郎だけにまかせておくわけにはいかねえ、急ぐぜ」

「へえ」

駆けるように二人は、「島田屋」に急ぐ。

雨は風を伴って降りしきっている。もはや傘は用をなさないが、それでもないよりはましだ。

直吉郎と平次は深川西町はもちろん、対岸の猿江町と東町で徹底した聞き込みをしていたのだった。

だが、益川左馬之助を見たものはいなかった。お光然りである。

聞き込みを切りあげ、伝次郎との連絡場にしている自身番に戻ると、言付けを聞いて目の色を変えたのだった。

またもや空に銀色の罅《ひび》が走った。その一瞬だけ周囲があかるくなる。前から歩いてきた女の顔が青白くなり、雷鳴が轟くと、ひっと声を漏らして肩をすぼめた。

空の大八車が水溜まりに車輪をつけながら進んでいる。直吉郎と平次はその大八車を追い越して先を急いだ。

大島橋をわたると、さらに足を速めた。旅籠屋「島田屋」の軒看板が、雨に濡れて鈍く光っていた。

近くまで来て直吉郎は足を緩めた。近くにある茶屋や商家に目を向ける。伝次郎が見張りをしているなら、声をかけてくるはずだ。

しばらく様子を見たが、伝次郎はあらわれない。

(どうするか……)

直吉郎は短く考えてから、平次を表に待たせ、「島田屋」の暖簾をくぐった。帳場に座っていた番頭が鼬のような顔を、ひょいと上げた。

「しっ……」

直吉郎は番頭が声を発する前に、口の前に指を立てて上がり口に近づいた。

「おれの手先の沢村伝次郎という男が来たはずだ」

直吉郎は一目で町方とわかる身なりなので、番頭はすぐに帳場を抜けてきた。

「はい、おみえになりました。ですが、もういらっしゃいません。探していらっしゃいました益川左馬之助さんも連れのお光という女の方もいません」

「どこへ行った」

直吉郎は目を光らせた。

「沢村様は益川さんとお光さんを追っていかれました。釜屋堀のほうですが、その先のことはわかりません」

「それはいつのことだ」

「もう小半刻にはなりますでしょうか……」

直吉郎はすぐに身をひるがえした。

「平次、こっちだ」

表に出るなり、平次をうながして釜屋堀に向かった。

また雷鳴が轟いたが、それは遠い空のほうだった。


「いつまでここにいるの？」

お光が左馬之助の腕にすがりついたまま聞いてくる。

どうやって逃げ切るか考えつづけている左馬之助の乱れた呼吸は、やっと静まったところだった。しかし、汗をかいた体を雨が冷やしている。

「ねえ、左馬さんどうするの」

「黙れッ」

左馬之助は低く抑えた強い声でいった。お光がびくっと体を固める。

「相手は四人。ひとりは町方の手先だ」

独り言のようなつぶやきを漏らす左馬之助の目は、材木の隙間に向けられている。

そこは材木蔵の中だった。そこら中に丸太が積まれていた。杉材や松材の発する匂いが、雨に抑え込まれている。

頭上を遮る物がないので、左馬之助もお光も濡れ鼠だった。

「わたしはずっと左馬さんについていくんだからね。わたしを捨てないでおくれましよ」

「ああ……」

投げ遣りに答える左馬之助は、後ろを見た。人の姿はないし、足音もしない。高く積まれた材木の間を縫う通路のあちこちに水溜まりができている。材木越しに川沿いの樹木が見える。雨に濡れた枝葉がゆっくり揺れていた。

「うまく逃げられたら江戸を離れよう。ほとぼりが冷めるまで、田舎でおとなしくしているのよ」

「…………」

「わたしは何でもする。田舎にだって金持ちはいるわ。そんな金持ちを探して、またやるのよ。助平《すけべい》な男を手玉に取ることなんて、いとも容易《たやす》いことよ。また左馬さんと手を組んでやれば、稼ぐことができるじゃない。そうよ、そうして金を貯めてから江戸に戻ってくればいいのよ。それから手堅い商売をはじめる。悪くないでしょう。ねえ、左馬さん、なんで黙っているのよ」

考えつづけている左馬之助の腕をお光が揺さぶる。

「先のことはあとだ。いまはやつらから逃げなければならんのだ」

「……ずっとここにいるんじゃないでしょう」

「様子を見ているだけだ。やつらの考えることを先読みするんだ。おそらく、おれとおまえはこの材木蔵に逃げ込んだと見当をつけているだろう」

「それじゃ、近くに来ているかも……」

お光は顔をこわばらせ、鈴を張ったような目になってあたりを見まわす。

「さもなくば、竪川の向こうの町屋に逃げたと考えているか……もしくは……」

「なに？」

「百姓地にひそんでいると考えているかもしれぬ」

「どうすればいいの」

お光は心細いのか、濡れた体を寄せてくる。着物もそうだが、髷も水を被ったように乱れている。

「相手がどこにいるか、それを知りたい。相手の動きがわかれば、裏をかくことができる」

「そ、そうね」

左馬之助は応じたお光の顔を見た。

「どうしたんです」

左馬之助は答えずにじっとお光を見つめる。

囮《おとり》に使ったらどうだろうかと思いついたのだ。いい考えかもしれない。

だが、うまくいくかどうかわからない。とにかく相手の動きを知りたい。窮地に陥った左馬之助は忙しく頭をはたらかせた。

「またよ」

お光が怯えたような顔を空に向けた。

青白い閃光が空を走っていた。

五

伝次郎は竪川沿いの火除地にいた。大きな欅《けやき》の下だ。雨はしのげるが、ときどき枝葉にたまった雨水が、ざっと落ちてくる。雨中にいても木の下にいても同じだった。それでもずっと雨に打たれつづけるよりはましだと思っていた。

目は竪川の対岸に注がれている。すぐ先に四ツ目之橋がある。橋をわたれば本所《ほんじょ》茅場町《かやばちょう》と北松代町《きたまつしろちょう》につらなる町屋がつづく。橋をわたってまっすぐ行けば亀戸だ。

伝次郎は左馬之助が橋をわたったか、わたっていないかを考えていた。

わたらずに材木蔵の西にまわり込んで、そのまま百姓地を抜けたと考えることもできた。しかし、時間的なことを考えると、それには無理がある。

伝次郎のいる場所からその百姓地を見ることができる。無論、遮蔽《しゃへい》物を利用して逃げたかもしれないが、それも考えにくいことだ。

（と、すれば……）

伝次郎は材木蔵に目を向けた。

(この中にひそんでいるかもしれぬ)

そうなのか、と自問するが、定かではない。

伝次郎は竪川の対岸に目を向けなおした。商家の暖簾は雨を吸って重く垂れ下がっているが、ときどき風に揺れていた。傘をさして歩く人の姿もあるが、それも普段より極端に少ない。

竪川を一艘のひらた舟が大川のほうに向かっていた。積んだ荷を筵《むしろ》でおおっている。菅笠を被った船頭が一心に棹を操っている。

最初からそうなのか、それとも用なしと決めているのか、股引を穿《は》いていなかった。膝切りの着物を尻からげして、襷をかけていた。先を急ぐように、棹を持ち替えては川底に突き立てている。

伝次郎は欅の下から出た。また雷が近づいてきたが、気にしている場合ではない。そのまま材木蔵に近づいていく。

(おそらく、この中だ)

勘だが、いまはその勘に頼るしかなかった。

直吉郎は足を止めた。

「平次、あれを見ろ」

直吉郎が橋をわたっている男たちに目を向けるまでもなく、平次も気づいていた。

「沢村の旦那ではありませんか」

「益川左馬之助がいるのでは……」

直吉郎はいうなり再び歩きはじめた。さっきより急ぎ足になる。

橋をわたる男たちの様子はおかしい。背の高い男が小柄な男に肩を貸して歩いている。もうひとりはときどき腹をさすりながら、やや前屈《まえかが》みになって歩いていた。

「やつらに聞いてみよう」

直吉郎は小走りになった。橋の近くまで来ると、

「しばらく！　しばらく！」

と、声を張ったが、それは雷鳴にかき消された。

三人の男は橋をわたったところで立ち止まった。材木蔵の前だ。

「おい、何をやっている！」

直吉郎がもう一度声をかけると三人が振り返った。直吉郎は急いで橋をわたった。

「これは御番所の……」

短い声を発したのは、背は低いががっちりした体つきの男だった。厳めしい顔つきだ。

「訊ねるが、女連れの浪人を見なかったか」

三人は互いの顔を見合わせた。

直吉郎は眉宇をひそめた。

「見たのだな。どっちへ行ったかわかるか」

「手前どもも探しているのです」

総髪で角張った顔の男だった。

「何故」

直吉郎は三人を順繰りに眺める。

「その浪人は益川左馬之助というのだがな」

直吉郎は傘をさしたまま三人に近づいた。

「探すのは故あってのことです。手前どもは戸部道場の門弟です。拙者は戸部兵庫助、こっちは前田監物、そして佐々木文蔵」

前田監物は長身痩軀、佐々木文蔵は角張った顔の総髪だった。

「南番所の中村直吉郎だ。益川を見つけたのか」

「逃げられました」

悔しそうに兵庫助がいう。

「邪魔が入ったのです」

監物だった。

「それは沢村伝次郎という男ではないか」

直吉郎の言葉に、三人は唇を嚙んだり顔をしかめたりした。

「沢村は益川を追っているのだな。どっちへ行った」

直吉郎は聞くが、三人はわからないと首を振る。

「どういうわけで益川を探しているか知らねえが、手伝ってくれ。それにしても……」

直吉郎は三人の姿をつくづく眺めて言葉を切った。三人が揃ったように泥水まみれになっていたからだ。

伝次郎は材木蔵の矢来垣《やらいがき》の前で足を止めた。中に入れば視界が利かない。蔵地はたしかな広さはわからぬが、ゆうに四万坪はあろうかという大きさだ。

それに材木の山が視界を遮り、見通しは利かない。伝次郎は材木蔵沿いに西へ向かった。矢来垣の手前には、容易く侵入できないように幅二間ほどの水路をめぐらしてある。

北側門（表門）のそばに材木奉行配下の手代・同心らが、必要時に詰める番小屋があるが、門扉《もんぴ》は固く閉ざされているはずだ。

伝次郎は警戒の目を配りながら材木蔵をまわり込み、西側にやってきた。畑地があり、その先には大名家の屋敷と大きな旗本屋敷がある。屋敷の黒い甍《いらか》は、雨を吸ってぬめったように光っている。

乱れていた呼吸はすでに静まっていた。目と耳に神経を集中し、五感を研ぎすましながら足を進める。

益川左馬之助は追われる身だ。しかも四人に追われていることを知っている。息を殺して身を隠しながら、うまく撒《ま》くことを考えているだろう。

普通に考えるなら、材木蔵をやり過ごし、竪川の対岸に逃げる。そのことは左馬之助も考えたはずだ。そして、そうしてもよかった。

だが、伝次郎は竪川は越えていないと考えた。越えたとしても、伝次郎の目が届くか届かないかのぎりぎりだっただろう。

益川左馬之助が知恵者なら、一か八かの賭けはしなかったはずだ。とすれば、やはり材木蔵の中に逃げ込んだと考えるのが妥当だった。

伝次郎はそんなことを思案しながら、自分は左馬之助に監視されているかもしれないと思った。そう考えると、目に見えない視線を受けていることになる。つまり、伝次郎の動きは見透かされているということだ。

くっと、伝次郎は奥歯を噛んだ。たとえそうだったとしても、いつまでも材木蔵の中にはいられない。冷たい雨も降っている。

めぐらしてある水路に流れはない。穏やかな水面が鏡となって雨を降らす空と、矢来垣を映している。

伝次郎は何度も矢来垣越しに材木蔵の中に視線を向け、そしてまわりの景色を見るのも怠らない。

水路の狭まったところが数ヵ所あった。そこは、木や板をかけずともわたれそうだった。しかし、足跡は見られなかった。

しまったと思ったのはそのときだ。東側にも狭い水路があった。そこに足跡があったかどうかを見落としていた。

ちっと舌打ちしたとき、表門のほうから騒ぐ声が聞こえてきた。

「逃がすな！」

「押さえるんだ！」

そんな声が重なった。伝次郎はそっちを見た。体もそっちに行きかけた。だが、反射的に反対を見た。ちょうど稲妻があたりをあかるくしたときだった。

そこに走り去る人の姿が浮きあがった。直後、ドカーンと耳をつんざく雷鳴が轟いた。

稲妻の閃光に身をさらしたのは益川左馬之助だった。

伝次郎はギラッと目を光らせるなり、一散に駆けだした。

六

直吉郎はお光を追っていた。あとに平次がつづき、戸部道場の三人も釣られたようにあとをついてくる。

お光は火除地を横切り、四ツ目之橋方向に向かっていた。何度か引き攣《つ》った顔で直吉郎を振り返り、足を急がせる。草履が脱げて裸足である。裾前が大きく乱れているので、白い脚が暗い雨の中で際立つ。

「待て」

直吉郎はもう手が届きそうになっていた。お光が振り返って、ひッと、怖気だった顔を向けたとき、直吉郎は後ろ襟をつかんだ。

「やめて、放して！」

お光は甲高《かん》い悲鳴を発して、直吉郎の手を振りほどこうとしたが、そうはならなかった。足払いをかけられ泥濘《ぬかる》んだ地面に倒されると、能面顔で直吉郎を見あげた。

その顔が稲妻の光を受けて、青白くなった。

「益川はどこだ」

直吉郎は肩を上下させながら聞いた。

「知らないわ」

お光は倒れたままそっぽを向く。

裾が左右に広がっていて、白い太股があらわになっていた。平次と戸部道場の三人がそばにやってきた。

「いっしょにいたはずだ。どこにいる」

直吉郎はしゃがんでお光の襟をつかんで引き起こした。

「知らないわよ。途中ではぐれたんだから、わからないわよ」

「嘘をつくんじゃない。いえ！　いうんだ！」

胴間声《どうまごえ》で怒鳴るのは戸部兵庫助だった。首に手をかけて絞めようとする。

「やめろッ」

直吉郎は兵庫助の手を払った。雷が近くで鳴った。

「どこではぐれた」

直吉郎はお光を凝視する。

「わからないわ」

「そんなはずはない。おまえはあやつといっしょに逃げたのだ。嘘をつくな！」

また兵庫助だった。

その形相にお光は身をすくめる。さらに兵庫助は食いつかんばかりのいかつい顔で、お光を怒鳴りつける。

「やめろ。怒鳴ったところですぐにはいわねえだろう」

直吉郎は兵庫助を窘めてから平次を見た。

「平次、この女に縄を打て」

「へい」

「なんでよ！　わたしは何もしていないわ！」

「おまえには下手人を匿《かくま》った科《とが》がある」

直吉郎にいわれたお光の顔が凍りついた。

「手前どもは、どうすれば……」

戸惑った顔で聞くのは、長身痩軀の前田監物だった。兵庫助がすぐに、益川を討つんだと言葉を被せる。

「しかし」と、今度は佐々木文蔵が困惑顔で直吉郎と兵庫助を見た。

直吉郎は縄を打たれたお光から、まわりに目を向けた。

そのとき、くわっと目をみはった。したり、と心中でつぶやき舌打ちをする。

お光は囮に使われたのだ。きっとそうにちがいない。お光は表門の近くから出てきた。ということは、益川左馬之助はその反対か、自分たちの目の届かない場所から材木蔵を出たはずだ。

「平次、この女を大島町の番屋に連れて行け」

「旦那は？」

「益川を追う」

そういったとき、伝次郎の姿が見えないことにも気づいた。

(伝次郎……)

直吉郎は内心でつぶやくと同時に、足を踏みだしていた。

伝次郎は確実に益川左馬之助との距離を詰めていた。そして、左馬之助は接近している伝次郎に気づいた様子はなかった。

左馬之助は畑道を出たところで、一度振り返ったが、伝次郎は木立の陰に素早く身を隠した。追ってくるものがいないと思った左馬之助は、そのまま覚樹王院《かくじゆおういん》という寺の境内に入った。

姿は見えなくなったが、伝次郎は慌てなかった。乱れた呼吸を整えながら山門をくぐる。頭上を覆う木々から雨がしたたり落ちている。短い石段にたまった水が光っていた。

正面の拝殿が見えたとき、伝次郎は左の手水舎《ちようずや》で水を飲んでいた左馬之助に気づいた。

ゆっくり石段の上に立ち、刀の柄巻《つかまき》に染みこんだ水を絞るようににぎり締める。指の隙間から水がしたたり落ちた。

水を飲んでいた左馬之助が、はっとなった顔を振り向けたのはそのときだった。

「益川左馬之助、もう逃がさぬ」

伝次郎は短くいって足を進めた。左馬之助はそのまま右に動いた。色白で鋭い切れ長の目にうすい唇。人相書どおりだった。

伝次郎の中に、やっと会えたという思いがあった。

「町方の手先というのはおぬしか……」

左馬之助が警戒の目を光らせながら口を開いた。

「きさまのことは大方調べがついている。もはや逃げても無駄なことだし、逃がしはせぬ」

「小癪なことを……」

左馬之助は伝次郎の背後を見て、にやりとうす笑いを浮かべた。仲間がいないとわかった余裕の笑みだろう。

稲妻が光り、境内の地面をあかるくした。直後、耳をつんざく轟音。

左馬之助がすらりと刀を抜いて間合いを詰めてくる。

伝次郎は足の運びを見、それから左馬之助の隙を窺う。

間合い三間で左馬之助は立ち止まり、右八相に構えた。

左脇に隙を見せての誘いである。伝次郎は右足を一歩出した。もはや履物は用をなさないので、そのまま蹴るように後ろにはね飛ばす。

足底に石畳の心地よい感触、そしてゆっくりと重心を土踏まずから爪先に移す。

左馬之助が詰めてくる。

伝次郎は柄に手をやった。さっき水気を絞ったので、掌に柄巻が吸いつく。無心の境地になり、左馬之助を凝視しながら動きを見る。左馬之助は念流の達人。油断はできない。

さらに間合いが詰まった。伝次郎に呼吸の乱れはないが、わずかに鼓動が速くなっているのを感じる。それは生死を争う戦いの場にある緊張がもたらすものだ。伝次郎は極度の緊張をやわらげるために、静かに息を吐きだし、ゆっくり息を吸う。肩と腕に入っていた余分な力がそれで抜ける。

「こいッ」

伝次郎は誘いの言葉をかけた。

左馬之助は答えずに、右八相のまま間合いを詰めてくる。左足の爪先で地面を噛み、遅れて右足を引きつけている。左脇腹が空いているが、そこへは撃ち込めない。

両者、間合い二間でゆっくり左にまわった。伝次郎はまだ刀を抜いていない。

ゴロゴロッと遠くで雷が鳴る。左馬之助が動いたのはそのときだった。地を蹴って一気に間合いを詰めてくるなり、袈裟懸けに刀を振ってきた。

伝次郎の愛刀が電光の速さで鞘走り、撃ちおろしてきた左馬之助の刀を横に払った。刃同士が重なるように激突して火花を散らした。

転瞬、両者は弾かれたように飛びしさり、すぐさま青眼の構えになった。

左馬之助の頬にあった余裕の笑みが消えていた。伝次郎は冷静な目でその目を見つめ、自ら間合いを詰めていく。左馬之助がぴくりと刀を引く動きを見せた瞬間、伝次郎は右足を飛ばしながら胴を斬りにいった。

かわされた。

返す刀で上段から撃ち込んだ。左馬之助は三所避けの技で防御した。普通ならそのまま離れるのだが、伝次郎は左馬之助が受けた刀を上から押さえ込むように押した。

これは虚をつく動きで、左馬之助も予想していなかったようだ。だが、押し込まれまいと、歯を食いしばって押し返してくる。

そのまま鍔迫りあいながら半回転した。雨と汗の粒が鼻の脇をすべり落ち、顎からしたたる。

左馬之助が強く押し返してきたときだった。伝次郎は足払いをかけた。見事決まった。

宙に体を浮かした左馬之助は、そのまま尻餅をついた。伝次郎は即座に間合いを詰めたが、左馬之助は横に転がって素早く逃げる。

逃がさじと追うと、左馬之助は俊敏に立ちあがり、背を向けて山門に向かった。そのまま短い石段を一足飛びして着地したが、膝をついた。追いかける伝次郎は、石段の中ほどで宙に舞った。

そのまま大上段から斬り込んでいく。下方に驚愕した左馬之助の顔があった。一気に刀を振り下ろしたが、左馬之助はすんでのところでその一撃を受け止めて、伝次郎を横に払った。しかし、それは強い力ではなかった。

伝次郎と左馬之助はすぐに正対した。そのとき、声があった。

「伝次郎、斬るな！」

直吉郎だった。

伝次郎はむんと口を引き結んだ。そのまま一気に間合いを詰める。左馬之助が先に斬り込んできた。その動きはわかっていた。伝次郎は刀をすり落として、剣尖を目にも留まらぬ速さで、左馬之助の喉にぴたりとあてた。

左馬之助は体を硬直させ、息を止めた。雨混じりの汗がその顔を這い伝っている。

「そこまでだ」

直吉郎がそばにやってきて、左馬之助から刀を取りあげた。伝次郎は動けずにいる左馬之助を、射殺すような目でにらみつづけていた。

「伝次郎、刀を引け」

直吉郎が左馬之助の腕を背中にねじあげてからいった。伝次郎は引かなかった。斬り捨てたかった。だが、それ以上体は動かなかった。

「伝次郎、何をしてる。刀を引けといってるんだ！」

直吉郎の再度の声で、伝次郎は目覚めたように我に返り、ゆっくり刀を引いた。

そのとき、お光を連れた平次がやってきた。

七

雷が遠ざかると、雨もやんだ。空をおおっていた鼠色の雲が、勢いよく西から東へ流れていった。

益川左馬之助とお光の調べは、上大島町の自身番で行われた。直吉郎の調べに立ち会っていた伝次郎だが、大まかなことがわかったところで自身番を出て、自分の猪牙舟に乗り込んだのだった。

「伝次郎」

声に顔をあげると、河岸道に直吉郎が立っていた。じっと見つめてくる。

「世話になった。おまえがいて助かった」

「いえ」

「今度ゆっくり話をしたい。暇を作ってくれねえか」

「いつでもいいですが、どんな話です」

直吉郎は雲の流れる空を一度見てから、伝次郎に顔を戻した。

「このままじゃいけねえと思っているんだ。いまだからいうんじゃねえが、ずっとその気持ちは変わらなかった。じつはおめえのことを、お奉行に話してあるんだ」

「……どんなことです」

伝次郎は片眉を動かして聞いた。

「おめえに戻ってきてもらいてェんだ。もちろん、職に復すことはできねえだろうが、何かやり方があるだろうと思ってな」

「中村さん、もうそのことはなしです。おれにはその気はありませんから。それに船頭仕事が気に入ってんです」

伝次郎は苦笑を浮かべて答えた。

「そうはいうが、もったいねえだろう。ま、いい。いますぐってわけじゃねえ。だが、頭の隅に入れておいてくれ。それだけだ」

「それで、あの二人はどうします？　大番屋に送るなら……」

「気遣い無用だ。本所方の舟がやってくる。それで連れていくさ」

直吉郎はふっと、口の端に笑みを浮かべた。本所方の舟は「鯨舟《くじらぶね》」と呼ばれる高速船である。伝次郎の出番ではなかった。

「では、おれはこれで」

伝次郎は舫をほどいて、直吉郎に軽く頭を下げると、そのまま舟を流すように小名木川に進めた。

雲の間から条《すじ》となって射す日の光が、小名木川を光らせていた。なりをひそめていた鳥たちが鳴きはじめ、あちこちからさえずりが聞こえてくる。晴れ間がのぞいたせいか、河岸道にも人が増えていた。

伝次郎はゆっくり棹を使った。西の空に浮かぶ雲が橙《だいだい》や朱に染まっている。音松の顔が脳裏に浮かんだ。

(すまねえ)

伝次郎は胸のうちであやまった。我知らず、頭も下げていた。すると、いいようのない熱い思いが胸の内から迫《せ》りあがってきた。胸が張り裂けそうだ。いまになって音松の死が身に応えてきた。死なせたくなかった。あんな目にあわせてはならなかった。後悔してもしきれない思いが、伝次郎を苛《さいな》んだ。旦那、旦那と嬉しそうな顔で声をかけてくる音松の顔が瞼《まぶた》の裏に浮かぶ。

(いいやつだった)

そう思ったとたん、涙腺が切れ、どっと両目から涙が噴きこぼれた。

「音松……音松……」

嗚咽《おえつ》混じりに名前を呼んだ。ちくしょう、と心中で自分を叱咤《しった》し、二の腕で両目をしごいた。きれいな夕焼け空が涙で曇った。

伝次郎は男泣きをしながら舟を進めた。

半刻後——

伝次郎は千草の店で、ことの顚末《てんまつ》を話していた。

「すると、おことさん、いえお冬さんは……」

「いや、もうおことで通してやったほうがあの人のためだ」

伝次郎は遮っていった。千草もわかったというようにうなずく。

「でも、なにも実の姉を刺すなんて……それもすっかり世話になった姉さんじゃない」

「どこかで歯車がおかしくなったんだろう。だが、お冬、いやおことさんは殺されそうになっても、お光のことが可愛いのだろう。でなければ、庇い立てなどしないはずだ」

「妹が捕まったことを、おことさんは……」

伝次郎は知らないというように首を振った。

「それにしても、おことさんがあんな男と縒《よ》りを戻そうと思わなかったら、刺されるようなことは起きなかったはずだ」

「お光という妹は、これまでの恩義を忘れて益川を自分だけのものにしたかったのね。……はあ、むなしいことだわ。でも、どうやっておことさんは店を出す元手を作ったのかしら」

「益川が出したのさ。縁切りをするときに手切れの金をわたしたのだ。だが、益川は脛《すね》に傷を持つ男。どこで自分のことが世間に知れるかしれない。それを恐れて、お冬ではなくおことと名乗らせた。千草」

「はい」

「益川とお光が捕まったことは、おことさんにはしばらく黙っていたほうがいいだろう」

「そうですね」

「で、おことさんの体はどうなんだ」

「大分よくなったみたい。二、三日内に店を開けるといっていました」

「そりゃよかった。しかし、こんなことがあるとはな」

「今度のことは、お墓に行って音松さんにも教えなければなりませんね」

「うむ、そうだな」

伝次郎が応じると、千草ははたと気づいたような顔で表を見、もうすっかり暗くなっているわといって、慌てたように立ちあがり、暖簾を出しにいった。

「伝次郎さん、来て」

戸口から千草が声をかけてくる。伝次郎がそばに行くと、千草は空を指さした。

「昼間はあんなに雨が降って雷が鳴っていたのに、なんてきれいな空かしら」

千草は見惚《みと》れたように空をあおぎ見る。

雨あがりのせいか、いつになく夜空がきれいに見えた。きらめく星たちがその空を埋め尽くしている。

「どうか、いいことがありますように」

千草が星空に向かって手を合わせる。

「そうだな」

伝次郎が応じたとき、すうっと尾を引いて消える流れ星があった。


（完）

あとがき

シリーズ開始より、足かけ八年。第一巻は二〇一一年五月でした。忘れもしない東日本大震災が起きたあとです。それから重ねた巻は、二十を数えます。

本シリーズをはじめるにあたり、思いついたのが江戸の水路でした。江戸市中には隅田川を中心に、大小の河川といっしょに網の目のように水路が走っています。そして、その水路を現代のタクシーさながら流して稼ぐ船頭がいます。

着想はそこでした。そして、沢村伝次郎というヒーローを登場させました。若手の定町廻り同心だった伝次郎ですが、捕り物中に思いがけない不始末を起こし、町奉行所を去るはめになり、挙げ句に妻子を殺されるという悲運の主人公です。

しかし、妻子の敵《かたき》を討ち、新しい連れあいに恵まれ、物語は進んできました。船頭を生業にして幾多の事件に絡み、持ち前の剣の腕を発揮しながら、難題を解決する伝次郎を書きつづけるうちに、わたしは伝次郎にのめり込んでいきました。

その思い入れは他のシリーズより強くなっていきました。そして、これまで最長の二十巻となりました。

それも筆者であるわたしが、伝次郎の一ファンになったせいかもしれません。しかし、いつまでも伝次郎に甘えて、シリーズを続行すべきかどうかという壁にぶつかりました。

出会いがあるように別れもあります。わたしはこの辺が潮時ではないか、二十巻をひとつの節目にしたいと考えました。

よって本シリーズは、当巻をもって終了とさせていただきます。

長い間、「剣客船頭」をご愛読いただいた読者の皆様には心より感謝いたします。

また当巻を初めてお読みになった読者の方、是非とも一巻から読みはじめてください。

しかしながら、このシリーズは完全に終わったわけではありません。

沢村伝次郎は生きつづけます！

少しお時間を頂戴しますが、新たな伝次郎のシリーズを開始いたします。

伝次郎の再登場、乞うご期待！

二〇一八年八月吉日

稲葉　稔

光文社文庫

文庫書下ろし／長編時代小説
男《お》泣《な》き川《がわ》　剣《けん》客《きやく》船《せん》頭《どう》(二十)
著　者　稲《いな》葉《ば》　稔《みのる》

2018年8月20日　初版1刷発行

発行者　鈴木広和
印　刷　慶昌堂印刷
製　本　ナショナル製本

発行所　株式会社　光文社
〒112-8011　東京都文京区音羽1-16-6
電話　(03)5395-8149　編集部
8116　書籍販売部
8125　業務部

ISBN978-4-334-77711-1　Printed in Japan

組版　萩原印刷